AF391906

La diligenza

Un romanzo Western

Richard G. Hole

Far West

La diligenza del Missouri era composta da quattro vecchi veicoli, grandi, pesanti, scoloriti, ma pesantemente corazzati,

Due carrozze fecero il viaggio di andata, mentre le altre due fecero il viaggio di ritorno, che durò una settimana.

Il nome della linea era dovuto al fatto che le auto correvano parallele al fiume Missouri durante metà del loro viaggio e l'altra metà attraversava la valle, lasciando il fiume a sinistra mentre avanzavano verso lo spartiacque.

La diligenza è una storia appartenente alla collezione Far West, una raccolta di romanzi sviluppati nel selvaggio West americano.

LA DILIGENZA

UN UOMO D'AFFARI

Il Missouri diligenza, il nome con cui era conosciuto nella regione, era un quartetto di vecchi veicoli, grandi, pesanti, scoloriti, ma pesantemente corazzati, che facevano il viaggio dal Nebraska quasi centrale, partendo da Dunning, per finire il viaggio nel Marsland , a duecento miglia dal punto di partenza e già quasi al limite della regione, a cinquanta miglia dal Nord del Sud Dakota e altre cinquanta dal Wyoming occidentale.

Due carrozze effettuavano il viaggio di andata, mentre le altre due effettuavano il viaggio di ritorno, che durava una settimana, e il nome della linea era dovuto al fatto che le vetture correvano parallele al fiume Missouri durante metà del loro viaggio e l'altra metà poi attraversarono la valle, lasciando il fiume a sinistra mentre avanzavano verso lo spartiacque.

Parte del percorso sembrava quasi superfluo farlo seguendo la linea ferroviaria, che percorreva lo stesso percorso fino a Seneca, ma lì la linea ferroviaria scendeva in discesa allontanandosi da un settore abbastanza popolato e la diligenza sopperiva a questa mancanza, mettendo in comunicazione, con il resto dello Stato, ai paesi sparsi in questo pezzo di valle.

Più a nord, a una distanza di una ventina di miglia, un altro fiume, il Northern Lupp, correva parallelo al corso del Missouri, ma entrambi morirono a metà della linea e non trovarono più corsi d'acqua fino a raggiungere il Niobrara, che attraversava proprio a Marsland dove morì la diligenza.

Il martedì e il sabato a metà pomeriggio, come se fosse una cosa a tempo, una delle due diligenze che salivano a nord-ovest attraversava il Nirvay, e il lunedì e il venerdì facevano quelle che scendevano in testa alla fila.

Nirvay, cittadina vicino alla ferrovia e poco distante dal Missouri, era una cittadina abbastanza discreta, con alcuni edifici in muratura, come il municipio, l'ufficio postale e il Banco Ganadero e, in generale, le sue case erano pulite e attraente. le sue strade meno polverose di quelle di molti paesi della regione e i suoi abitanti laboriosi e operosi.

Nel paese c'erano due importanti segherie da legno che fornivano un buon contingente di lavoratori, diverse aziende agricole ben tenute che lavoravano formaggio, burro e altri prodotti, molte botteghe di vario genere e, nella parte a valle, alcuni importanti ranch.

La ferrovia e il fiume fecero di Nirvay una città con molti traffici commerciali e, quindi, il Banco Ganadero godeva di un ottimo credito e di un insolito movimento di fondi.

La Banca è stata fondata da Alfred Hamson, con altri due soci di nome Smith e Ariliss, che hanno costituito per qualche tempo il nome della società, ma in seguito Hamson è riuscito a scavalcare la partnership, mantenendo le quote dei suoi colleghi.

Ed era Amministratore Delegato e proprietario, senza altra tutela che un Consiglio di Amministrazione da lui nominato tra alcuni abitanti del paese, che si riuniva due volte l'anno, approvava i complicati conti che Hamson metteva davanti ai loro occhi senza capirne nulla, e più tardi si sarebbero incontrati a mangiare con il Direttore proprietario, trascorrendo una giornata felice e felice e ricevendo le indennità semestrali che erano loro assegnate per il loro piccolo lavoro.

Avevano tutti grande fiducia in Alfred Hamson. Era stato un allevatore fino a due anni fa, che vendette il ranch a un vicino, ritirandosi a vita privata per godere dei suoi meritati benefici.

Hamson si rifugiava in una bella casa di campagna che era stata costruita nella valle, a poca distanza dal paese, e ogni giorno, puntualmente, scendeva in banca con il suo calesse per occuparsi della sua amministrazione, insieme ai tre dipendenti che aveva al suo comando.

Era lui che risolveva tutte le questioni finanziarie, che autorizzava o negava prestiti su terreni, bestiame, fattorie e coltivazioni, e che, in prima persona, guidava il movimento bancario, mentre i suoi dipendenti erano relegati alle funzioni burocratiche dell'azienda.

Ma Hamson non poteva accontentarsi di un lavoro così lento. È vero che la Banca dovrebbe trarre un ragionevole profitto dal suo movimento, ma i soldi che stanno nelle scatole non hanno prodotto logicamente.

E Hamson speculava con lui, studiando la borsa, contribuendo con cifre ragionevoli ai mercati della lana e del grano, acquistando o vendendo quote di ferrovie, cascate, imprese edili della regione, e questo contributo servì all'allargamento della valle e, a nello stesso tempo, per aumentare gli utili della Banca, che erano suoi.

Prima di vendere il ranch, era rimasto vedovo con una figlia single come erede. Sylvia era una ragazza dai capelli biondi, di buona statura, agile come una palma e dai lineamenti aggraziati.

Suo padre l'ha portata a studiare in un college di Hastings tre anni fa, per vari motivi che mescolavano convenienza, sentimentalismo e l'orgoglio di avere una figlia che si distingueva nell'istruzione dalle altre ragazze della località.

Hamson avrebbe potuto non farlo, semplicemente assumendo i servizi privati dell'insegnante del villaggio, se diversi fattori interconnessi non lo avessero costretto a preoccuparsi per Sylvia più intensamente del solito.

Quando la madre della giovane donna morì, aveva diciotto anni e sebbene fosse andata a scuola imparando alcune materie preliminari, le sue tendenze non erano verso l'esposizione e il confezionamento. Era cresciuto nel ranch tra i cowboy e quella era una vita semplice, senza complicazioni, che gli dava una libertà quasi assoluta quando montava a cavallo e si perdeva nei pascoli o nel paesaggio, lontano da ogni controllo dei genitori.

Questo portò Sylvia a coltivare in modo allarmante, secondo i criteri del padre, l'amicizia con Frank Neil, un ragazzo simpatico, attraente, indisciplinato e non giudicante, che era entrato a far parte della squadra del ranch, perché così aveva implorò Hamson, Ted Neil, il padre del ragazzo e proprietario di uno dei principali magazzini del Nirvay.

La domenica Sylvia scendeva in paese a cavallo, lasciava il suo cavallo in piazza e passava il pomeriggio al ballo, dove Frank l'aspettava con impazienza, e senza preoccuparsi dei commenti che tale amicizia poteva provocare, si monopolizzavano a vicenda ballare tutto il tempo. il pomeriggio incessantemente, dedito al più felice dei discorsi. Certi sabati pomeriggio l'aspettava lontano dal ranch ed entrambi, a cavallo, se ne andavano a valle, passeggiando e fermandosi a fare un picnic ai piedi di un ruscello e all'ombra degli alberi, non tornando fino a quando il sole ha cominciato a calare nella linea. burrone delle montagne lontane.

Frank l'avrebbe accompagnata con discrezione nelle vicinanze del ranch, e poi sarebbe andato in città senza che questa amicizia e queste interviste fossero note ad Hamson.

Ma un giorno qualcuno venne da lui con la storia e Alfred urlò al cielo. Non pensava ci fosse nulla tra loro due oltre una semplice amicizia, ma doveva impedire che quei rapporti prendessero subito più voli. Non si fermò a giudicare che Frank fosse un ragazzo migliore o peggiore di altri che perseguitavano sua figlia. Prese solo in considerazione che era sua figlia, figlia di un allevatore, proprietario del Banco Ganadero in città, e che Frank era solo un bracciante del suo ranch, già molto concedere, figlio di un droghiere che possedeva un buon negozio, ma niente che fosse in parallelo con il suo lignaggio e la sua ricchezza.

Furioso, rimproverò Frank per la sua audacia nel corteggiare sua figlia e lo licenziò dal ranch, minacciandolo di gravi rappresaglie se avesse scoperto di nuovo che aveva a che fare con lei; e insegnò a sua figlia magnificamente per la sua piccola testa e la dignità nel coltivare un'amicizia indegna della sua posizione.

Nessuno dei due sembrava dare molta importanza alla rabbia di Alfred, e in segreto si vedevano un paio di volte, ma Hamson, che aveva fatto osservare sua figlia, scoprì le nuove interviste e decise di interromperle. Mandò la figlia in un collegio di Hastings, facendole capire che la figlia di un banchiere doveva ricevere un'attenta educazione; e non soddisfatto di questo, ha cercato di inseguire Frank al limite.

Valido della sua posizione, pregò in un modo che, più di quanto prego, fosse una minaccia, a tutti gli allevatori e contadini dei dintorni di non facilitare il lavoro a Frank, e poiché era conveniente per tutti loro stare bene rapporti col proprietario della Banca, avendo avuto più volte bisogno della sua amicizia e dei suoi affari, nessuno osava ammetterlo nei loro possedimenti.

Frank avrebbe potuto rifugiarsi nel magazzino di suo padre, che aveva molto bisogno dei suoi servigi, ma il ragazzo non era nato per fare il commerciante, annoiato perché non riusciva a trovare lavoro e disperato perché Sylvia era scomparsa dal villaggio, una Il giorno in cui cavalcò a cavallo e scomparve anche lui, diretto a Hastings, nella folle speranza di poter vedere Sylvia, ma le dure regole della scuola, accresciute dalle previsioni di Hamson, sventarono il suo tentativo.

Ancora più disperato per questo fallimento, lasciò la capitale e si perse in Occidente, deciso a dimenticare ea farsi strada.

Scomparso, un evento poco chiaro si è verificato al ranch di Hamson. Mancavano diversi bovini e, secondo le voci circolate dal banchiere, i suoi uomini avevano riconosciuto Frank tra i mandriani.

La voce, l'affermazione di uno dei braccianti del ranch e l'influenza di Hamson, hanno dato segni di verità alla questione, e Frank, non solo è stato interrogato, ma anche esposto per essere arrestato e giudicato come un commerciante di bestiame se fosse tornato in città .

Mesi dopo scrisse a suo padre dal Nevada. Ted, che ha avuto un grave alterco con Hamson a causa dell'accusa contro il figlio, gli ha scritto rendendo conto dell'accaduto e pregandolo di astenersi dal tornare prima o poi, poiché l'influenza del banchiere potrebbe portarlo in galera.

Frank rispose a suo padre in modo molto laconico. Le disse nella lettera che Sylvia non c'era, non aveva alcun interesse a tornare indietro, ma che se un giorno avesse deciso di farlo, avrebbe preso Hamson per il collo e l'avrebbe torturato finché non avesse confessato che il furto del il bestiame era un affare. calunnia.

Ted è andato fuori di testa. Conosceva bene suo figlio; Aveva un buon sapore, laborioso e decoroso, ma aveva anche un sapore impulsivo ed estatico quando perdeva il controllo dei nervi e non dubitava che questa minaccia sarebbe stata portata avanti senza fermarsi a meditare sulle conseguenze.

Ma il tempo stava passando.

Hamson era a suo agio senza Sylvia, che non ostacolava i suoi movimenti, e per tre anni si limitò a fare qualche viaggio ad Hastings per fare una visita di complimento alla figlia e tornare in banca.

Finché durante il suo ultimo viaggio provò un terribile disgusto quando Sylvia le disse che si considerava abbastanza istruita per una città come Nirvay e che quando sarebbero arrivate le vacanze sarebbe tornata in città per non tornare a scuola.

Hamson doveva essere d'accordo. Sylvia era davvero una donna a tutti gli effetti e una combinazione finanziaria stava entrando nei calcoli del banchiere, in cui Dennis Powell, figlio di un ricco allevatore, titolare di un conto nella sua banca e un uomo che poteva essere l'ideale per lui, stava per giocare un ruolo importante. alcune grandi imprese che stava tramando.

Hamson era d'accordo. Sylvia tornò al villaggio e tutti la trovarono sconosciuta.

Era un po' cresciuta, era più stilizzata e più carina, e ora le sue arie erano di un'eleganza che faceva invidia alle altre ragazze del Nirvay.

Sylvia fu la prima sorpresa del proprio cambiamento, perché quando si rivedeva nella sua città natale, osservava come le altre giovani donne si distinguessero da lei in senso inferiore e i ragazzi sembravano tutti più rozzi, più ordinari e meno meritevoli di lei amicizia. e provo.

Frank doveva essere stato cancellato dalla sua memoria, o almeno non gli faceva alcuna allusione, e dimenticando il suo antico cameratismo e semplicità, si separò dalle feste popolari, dalle amicizie volgari e dovette ridursi ad alternarsi nelle riunioni del giudice , il sindaco o il notaio e assistere al ballo che il Consiglio Comunale ha celebrato in occasione della festa dell'Indipendenza,

Quando passava davanti alle vecchie pedine di suo padre, quando le passava a cavallo, le salutava altezzosamente con un leggero inchino del capo e, a poco a poco, tutto il cerchio di amicizie e affetti che aveva quando se ne andava si cancellava nella sua nuova vita.

Questo lo annoiava in modo clamoroso. I loro svaghi erano la visita al paese, alle tre o quattro abitazioni dei personaggi più cospicui del paese, a fare grandiose passeggiate a cavallo e ad assistere ad uno dei vari rodei che si tenevano nella valle.

Hamson osservò con piacere questo cambiamento in sua figlia, oltre a scoprire la sua espressione di noia e noia, e stimando che l'ambiente fosse favorevole ai suoi piani, diede a Dennis la belligeranza, invitandolo più volte a mangiare e talvolta a una festa di pesca domenicale nel Missouri.

Dennis era un bel ragazzo, non si poteva negare. Alto e ben costruito, lavorava poco, perché suo padre gli aveva affidato solo i libri della fattoria senza permettergli di svolgere in essi funzioni rozze e manuali, e questo significava che le sue mani erano ben curate, che la sua pelle non appariva abbronzato dal sole. e l'aria e che poteva vestirsi quotidianamente con più eleganza del resto dei suoi vicini.

Hamson ha fatto capire a Sylvia quanto sarebbe conveniente una loro possibile unione sia per le famiglie che per la giovane donna, forse convinto di tale ragione, forse per noia, forse per aver dimenticato ricordi quasi morti al riguardo, o forse per indifferenza familiare e obbedienza, non l'ha messa. ogni ostacolo ad un possibile corteggiamento. E questo è arrivato mite e freddo. Un giorno Dennis, anche lui vittima di bullismo da parte di suo padre facendogli vedere il buon gioco che intendeva Sylvia, le propose e lei accettò come colui che accetta un invito a un rodeo.

La vanità del giovane Dennis era piena di accettazione. Da quel momento in poi sarebbe stato considerato il giovane più importante della città, mettendo in ombra i figli chiacchieroni dei vicini allevatori che, poiché i loro genitori avevano buoni affari, si consideravano uomini privilegiati nel Nirvay.

Egli, oltre a prendersi la ragazza più bella, la più colta e la più alta del paese, minacciò di trasformare questo matrimonio nell'uomo più importante della regione, perché suo suocero, prima o poi, avrebbe ritirarsi dalla vita attiva degli affari nominandolo amministratore delegato della banca, il che equivaleva a mettere nelle sue mani e nei suoi piedi tutti gli industriali e i commercianti entro un centinaio di miglia intorno.

Hamson non era interessato alla vanità del suo futuro genero e nemmeno alle sue aspirazioni deliranti. I suoi progetti erano più grandiosi e racchiudevano limiti insospettati e se Dennis sognava di soppiantarlo in carica e di impossessarsi di quell'autorità onnicomprensiva che possedeva, avrebbe dovuto aspettare molti anni; quanti ne erano rimasti a vivere ad Hamson.

Per lui, il matrimonio di sua figlia è stata una mossa in borsa. Se era contenta e felice, tanto meglio, e se no... Si sarebbe consolata per il fallimento. C'erano molti modi per risolvere la questione in seguito, se si fosse presentata, ma quando avesse portato a termine i grandi affari che aveva pianificato e che non lo avrebbero portato ad approfittare dell'ufficio del sindaco di Nirvay, che è per lui spregevole, ma avrebbero nominarlo deputato o senatore dello Stato.

CAPITOLO II

DIECI MINUTI DI RITARDO

Quel sabato; Contro la sua abitudine, dato che il sabato pomeriggio non si recava mai nel suo ufficio alla Banca, Hamson vi trascorreva l'intera giornata. Aveva avuto un pasto frugale servito da una taverna cittadina e da solo, senza l'aiuto di un impiegato, si era lasciato andare a certe manipolazioni di grande importanza per l'impresa.

La diligenza del Missouri sarebbe arrivata verso le quattro, e un'ora dopo, quando aveva raccolto la posta e i pochi viaggiatori che avevano lasciato la città il sabato pomeriggio, avrebbe proseguito verso nord-ovest e nella quale doveva spedire un sacco ingombrante che aveva gestito senza che nessuno intervenisse nell'operazione.

Quando arrivò la diligenza e consegnò il sacco, aveva preparato tutto per lasciare Nirvay e sebbene sua figlia gli avesse chiesto di portarlo con sé, lui rifiutò categoricamente, sostenendo che avrebbe affrontato segretamente una questione di grande importanza commerciale e che la persona con cui aveva a che fare non voleva che si sapesse che erano in trattative, nel caso qualcuno sospettasse il motivo e li avesse anticipati.

"È qualcosa di grosso, Sylvia", assicurò, "qualcosa che completerà la mia posizione e la tua. Il giorno in cui la gente della valle e anche oltre, lo saprà, non solo rimarranno stupiti, ma alcuni se ne andranno strapparsi i capelli quando vedono che io, più modesto di loro, ho preso da loro un grosso affare.

E senza voler aggiungere altro, raccomandò caldamente alla figlia di trascorrere una buona domenica con Dennis e di recarsi in banca dove rimase fino a poco prima delle quattro.

A quell'ora aveva in ordine un voluminoso sacco di cuoio spesso che pesava parecchio. Era stato legato con un filo robusto, le estremità prese con un piombo che era stato schiacciato come sigillo, e poi un enorme sigillo di ceralacca con le sue iniziali ad incastro serviva da doppia garanzia che non poteva essere aperto impunemente.

Lo lasciò nel suo ufficio chiuso a chiave e, attraversando la piazza, si recò alla Casa de Postas, che a sua volta era un ufficio postale.

Il capo lo salutò servilmente e Hamson, facendogli un cenno, gli sussurrò all'orecchio:

«Devo parlarle, signor Caster.

Quest'ultimo gli offrì il suo ufficio, e ora, loro due soli, il banchiere chiese:

"Il caposquadra della diligenza che arriverà tra pochi minuti è affidabile?

«Molto bene, signor Hamson. Riguarda il vecchio Jasper. Fa il tour da sette anni e non c'è mai stata la minima lamentela su di lui. Non lo conosci?

"Di vista, ma non ho rapporti, e sono contento dei rapporti che fornisci. Quindi, pensi di poterti fidare di qualcosa?

"Senza paura di alcun tipo.

"Beh. Devo fare una spedizione rischiosa e non c'è altra soluzione che fidarsi di lui. Un sacco di pelle contenente cinquantamila dollari deve uscire da qui oggi. È un trasferimento che devo fare alla Marsland Livestock Bank, senza indugio. Detta Banca ha pagato quella somma su miei ordini ad alcuni allevatori lì, confidando nella mia solvibilità e ho solennemente promesso che i soldi sarebbero usciti di qui con la diligenza di oggi. Se così non fosse, il mio credito sarebbe compromesso e ti occuperai di cosa questo significhi per un'attività bancaria della mia importanza.

"Certo che comando io", disse il capo, "ma non credo ci siano obiezioni alla sua partenza. Parlerò con Jasper e gli farò sapere l'importanza del contenuto, senza dargli una cifra di cosa contiene Non è per niente, ma è sufficiente raccomandare che il contenuto sia prezioso.

«Molto bene. Devo affidarmi a lui, ma non voglio che questo travalichi. Il posto non è pericoloso, ci sono stati pochi casi di rapine da queste parti, ma la fila è lunga, ci sono posti favorevoli e io non sono calmo, suppongo che nella scena ci sarà un luogo adatto per nascondere il sacco in bella vista.

"Sì. Il sedile di Jasper è cavo. Il coperchio è sollevato e dentro, sotto di esso, sarà nascosto.

"Magnifico... Ora... la questione dei viaggiatori. Escono in molti sul palco?

"Oggi no. Come sai, il sabato e la domenica questo è molto vivace e la gente invece di uscire di qui, viene. Ho spedito solo tre biglietti. Partirà una donna anziana, che va al Parco Rita per incontrare una nipote che sta ricevendo sposata, la figlia di un contadino della valle, che scenderà prima di raggiungere il primo paese vicino alla fattoria, dove lavora, e una giovane donna che va a Seneca, tutto qui.

"È un peccato che non viaggi anche un cowboy. Un uomo con un revolver alla cintura è una garanzia se succede qualcosa sulla strada.

«Cosa accadrà, signor Hamson? "Non lo so, ma capirai che quando devi affidarti a caso una cifra del genere, non ti senti a tuo agio finché non lo sai a destinazione. Ti rendi conto di cosa significherebbe un colpo del genere per me e per tutti i miei clienti? Mi fa rizzare i capelli a pensarci.

"Capisco.

«Se ci fosse almeno una ferrovia per Marsland, sarei più a mio agio. Un treno non viene derubato così facilmente e il vagone postale è più sicuro. È curato da uomini armati che saprebbero difenderlo sparando; ma una diligenza è molto peggio... D'altronde non ho nemmeno la consolazione di poter andare di persona a fare la guardia alla borsa. Non che io crei un eroe.

"Non mi alleno con un puledro in mano da molto tempo, ei miei anni mi hanno rovinato il polso. La penna ha sconfitto le armi, ma mi considero ancora agli arresti per difendere ciò che mi è stato affidato fino alla morte con un revolver in mano.

«L'avrei fatto se la spedizione non fosse stata così urgente, ma ci sono otto giorni di viaggio tra andata e ritorno, otto giorni che non posso lasciare la Banca e, invece, appena consegno il bagaglio, devo andare a festeggiare un colloquio importante con un certo personaggio.

«Qualcosa di grosso, signor Caster! Qualcosa che quando il risultato sarà noto, l'intera valle tremerà di eccitazione e gioia! Io sono così, amico mio, lavoro per me stesso e per la località e un giorno i miei vicini si renderanno conto esattamente dei sacrifici che sto facendo per il paese e per l'intera valle. Non sono egoista, mi rendo conto dei tanti bisogni della regione e voglio essere un padre per tutti. Se vogliono riconoscerlo prima o poi, bene, e se no... mi ritirerò ferito, ma con la soddisfazione di aver adempiuto a un dovere di cittadinanza.

"Oh certo!" Rispose il capo. Hai fatto molto per tutti. La fondazione della Banca è stata un successo. Non devi tenere i soldi a casa con l'esposizione, o inviarli con l'esposizione all'esterno. D'altra parte, aiuti le persone bisognose, presti loro denaro su bestiame, lana, raccolti, terra ... ovviamente con i tuoi interessi, ma che dire del favore che gli fai con esso?

"Questo è ciò che voglio che tu riconosca. Certo che faccio pagare interessi, anche alti, e che pretendo solide garanzie, e anche a volte sono stato costretto a eseguire pignoramenti, ma amico mio, lo faccio con grande dolore nel mio cuore, perché quel denaro non è mio, è tuo, chi lo ha depositato nella mia Banca con la mia garanzia di uomo onesto. Se no, come potrei garantirlo e dare un modesto interesse sul deposito? Questo è chiaro, anche se le persone colpite non lo capiscono.

Improvvisamente interruppe il discorso ed esaminò l'orologio, dando inizio a un movimento di impazienza:

"Diavolo!" Mormorò. Le quattro e un quarto e la diligenza non arriva! Questa è un'altra battuta d'arresto. Arriva sempre piuttosto in anticipo e oggi che ho i minuti valutati è in ritardo. È sfortuna!

«Non può volerci molto, signor Hamson. È solo un quarto d'ora che è in ritardo ... Qualsiasi guasto ...

"Ma è un peccato, amico Caster, devo uscire di qui immediatamente...

Uscì dall'ufficio e uscì in piazza. A destra, il sentiero polveroso della strada era sgombro da tutti i veicoli.

Hamson attraversò la porta dell'ufficio postale con le mani dietro la schiena, camminando e fissando continuamente la strada, finché alla fine una nuvola di polvere si alzò in lontananza.

"Deve essere così," mormorò. È in ritardo di quaranta minuti.

Finalmente, tra la polvere che offuscava la pesante carrozza e il tintinnio delle campane che faceva vibrare l'Argentina, apparve il veicolo. I cavalli impolverati e sudati avanzarono verso l'ufficio postale, fermandosi davanti senza che nessuno avesse bisogno di costringerli a farlo.

Il sindaco, un uomo di cinquantacinque anni dai capelli grigi ribelli, che scappava sotto le falde del cappello, saltò giù pesantemente e aprì la portiera ai sette viaggiatori che trasportava per scendere dalla carrozza. Lì pagarono un viaggio e quelli che proseguirono dovettero salire in città.

Hamson gli si avvicinò, dicendo a bassa voce:

"Ascolta, Jasper. Il capo ti affiderà un mio ordine da consegnare alla Bank of Marsland. È qualcosa di importante che devi tenere fedelmente e portare nascosto in modo che nessuno sappia che stai viaggiando con te. Ecco, per mostrargli più interesse.

E gli porse una moneta da cinque dollari.

Poi, salutato il capo ufficio, si è recato in banca per ritirare la borsa che ha consegnato a Jasper.

La diligenza ha dovuto essere trattenuta per un'ora in città. Dovevano cambiare lo shot con un altro di soda, occuparsi della posta e consegnare le valigie da quello che era partito per l'interno, e il sindaco aveva bisogno di recuperare le forze pranzando, cosa che non aveva potuto fare il il modo.

Alle cinque e mezza fu dato l'ordine di partire. I tre viaggiatori che aspettavano nella stanza della Casa de Postas salirono sul veicolo, e il sindaco nascose il pesante sacco di cuoio dentro il suo sedile, afferrando le redini e facendo schioccare la frusta.

I quattro arditi cavalli partirono con prepotenza e, tra nuove nuvole di polvere, lasciarono la piazza per allineare il sentiero che si snodava tra la ferrovia e il fiume.

Jasper aveva programmato di raggiungere Seneca verso le otto di sera. La strada, a causa di incidenti che tagliavano la retta, poteva essere calcolata a undici miglia, ma aveva quattro possenti monti che la coprivano in due ore e mezza.

La diligenza stava rotolando rapidamente su un terreno arido e incolto, che sembrava più sabbia che terra e in alcuni punti, le buche costringevano il veicolo a rotolare in modo così allarmante da far urlare di terrore i viaggiatori quando pensavano che uno di loro potesse ribaltarsi .

Jasper, con la pipa morta tra i denti e le redini strette saldamente nella mano sinistra callosa, guidava il tiro infuocato con grande sicurezza e ruminava tra i denti:

"Cinque dollari! Non ho mai visto quel rospo del banchiere così maleducato da non salutare se non fa pagare gli interessi per averli regalati. Cosa manderai qui in questo sacco che ti preoccupa così tanto? Scommetto la mia posizione in la diligenza che è denaro in quantità Se non fossi un uomo onesto come sono, avrebbe meritato che invece di consegnarlo a Marsland continuassi il viaggio fino a Cross, in totale, altre cinquanta miglia di viaggio e mi perdessi tra le montagne di Black Hills, nel Dakota.

"Non so cosa conterrà la borsa, ma sono sicuro che avrò di più da guadagnare facendo commissioni nei pochi anni che mi restano da vivere. Sarebbe un duro colpo per quel vecchio avaro che dovrebbe pagarlo di tasca sua. Per sua fortuna che io sono Jasper e che cinquantacinque anni di vita onorevole non vengono buttati nel fiume per una manciata di dollari, anche se sono tanti.

Improvvisamente tirò le redini al petto per contenere l'impeto dei cavalli infuocati. Avevano lasciato tre miglia alle spalle, e ora doveva attraversare un sentiero accidentato e tortuoso, pieno di buche e dossi, che tagliava sottobosco, radure e alcuni conglomerati di alberi contorti e antichi.

Si diresse lungo il sentiero, ruzzolando stordito e cominciò a torcere tra i tornanti dello stretto sentiero, fino a raggiungere un tornante che all'uscita, con violenza, scendeva in discesa, per mezzo miglio dopo sbucò di nuovo in pianura.

Stava svoltando l'angolo quando una detonazione vibrò secca sopra il tintinnio acuto delle campane. Jasper si portò le mani al petto, lanciando a metà un terribile giuramento e cercò di afferrare il fucile che aveva appoggiato sul lato destro del sedile, ma senza la forza di farlo si sporse in avanti e cadde sulle groppe del posteriore tiro che, impaurito, cercava di continuare il galoppo assalito dal panico.

Ma due nuove detonazioni, che si mescolavano alle urla isteriche dei viaggiatori, vibrarono di nuovo.

Uno dei cavalli, colpito al collo, nitriva angosciosamente, alzando le mani fino a metà carro, e il compagno, colpito al remo anteriore destro, vacillava mentre cercava di avanzare e cadeva a terra trascinando il ferito.

Entrambi scalciavano e nitrivano in un mucchio confuso, mentre i due cavalli in testa cercavano di seguire il sentiero senza successo. Non solo il peso della diligenza ma il peso morto dei loro due compagni a terra, li immobilizzava rendendo sterili i loro sforzi.

La diligenza era arenata quasi appoggiata su un piccolo pendio che formava il sentiero; e improvvisamente, con un balzo elastico, una figura cadde dalla cima di uno degli alberi vicino alla carrozza e avanzò verso il palcoscenico brandendo due enormi revolver.

I tre viandanti impauriti ricaddero sui sedili con gli occhi sgranati dal terrore e le mani giunte in una supplica angosciata, mentre il brigante avanzava minaccioso con le sue armi.

Il pomeriggio si spense in una dolce oscurità bluastra e nella sua luce indecisa, tutto ciò che i viaggiatori spaventati potevano riconoscere del loro aggressore era che era un uomo piuttosto massiccio, vestito con una giacca di pelle scura, pantaloni blu infilati in stivali alti da cavallo. Al collo portava una sciarpa rossa annodata. Sul viso un altro che lo copriva dal naso in giù, e sugli occhi, le ali cadute di un vecchio cappello che non permetteva di riconoscere alcun particolare di lui.

Inoltre, le sue mani, che dovevano essere potenti, apparivano racchiuse in vecchi guanti a guanto di jeans, che gli coprivano metà dell'avambraccio.

Il rapinatore si avvicinò al mezzo semisdraiato e, aprendo la portiera, ordinò con voce roca:

"Scendi! Non temere per la tua vita.

Le tre donne, tremanti, scesero dalla carrozza e il rapinatore aprì frettolosamente i bagagli, perquisindoli senza trovarvi nulla di valore.

Grugnendo imprecazioni, si voltò e salì nella scatola. Livid Jasper, era stato scaraventato dai cavalli sei metri indietro, dove era rimasto accucciato in una pozza di sangue, e il fuorilegge, era salito in cima dove andavano solo i sacchi della posta.

Strappò la cassetta dei titoli, tirò fuori alcuni pacchetti di lettere che teneva nelle sue ampie tasche, e poi cominciò a frugare sul sedile, finché quando ne spostò il coperchio, lo sollevò.

Infilò il braccio nel sacco di cuoio che sollevò, lo soppesò, e quando non trovò più oggetti di valore, scese di nuovo a terra.

Si rivolse alle donne ordinando:

"Salire!

Ubbidirono, e quando furono dentro, il fuorilegge attraversò un'ammaccatura nell'argine e da essa tirò fuori un bel cavallo nero dalla cui sella pendeva un grande sacco da viaggio.

Vi infilò dentro la sacca di cuoio, montò a cavallo e si gettò d'impeto lungo il sentiero in pendenza fino a filtrare lungo una pista che si staccava dall'argine, scomparendo davanti agli occhi spalancati dei viaggiatori.

Attraverso l'ampia pianura tra il fiume e la ferrovia che conduceva a Nirvay, un cavaliere cavalcava nell'oro del sole al tramonto, in piedi sulla sua sella, gli occhi fissi sulla pianura.

Era un giovane di buona statura, flessibile nei fianchi, ampio nel petto, abbronzato in viso, che sentiva nei suoi vestiti la fatica di una lunga camminata, a giudicare dalla polvere che vi aveva accumulato.

Il viaggiatore aveva circa ventitré anni, era vivo negli occhi, simpatico nei lineamenti, duro nella carne e, a quanto pare, un uomo abituato a passare ore e ore sulla sedia senza mostrare fatica.

Indossava il tipico outfit da cowboy e in sella ondeggiava un magnifico Winchester, mentre in vita indossava un impressionante puledro di 45.

Impaziente di arrivare presto in città, accarezzò dolcemente i fianchi del suo cavallo, mormorando:

Dai, Nevada, sbrigati un po'. Tra un'ora e mezza al massimo, avrai l'opportunità di prenderti un meritato riposo. Nirvay non è più lontano e vi aspetta un buon capanno e del buon cibo per riprendervi da questo lungo viaggio.

Il cavallo sembrò capirlo perché accelerò il trotto e poco dopo il cavaliere riuscì a distinguere le caratteristiche del terreno che formava il sentiero che portava al paese.

All'improvviso si irrigidì. Gli era sembrato, di cogliere il ronzio di alcune detonazioni lontane e di guardare dappertutto con disagio, senza scoprire nulla di anormale, ma quella sensazione era sicura che non fosse stata un'illusione dei suoi sensi, ma una realtà tangibile.

Era troppo abituato a captare il rombo delle armi per confondersi e non specificare quando un revolver tuonava davvero, o qualche rumore simile poteva creare confusione, in quel senso.

Irrequieto, mormorò:

"Ray! Qualcuno ha sparato non lontano da qui. Giurerei che era nella parte della radura. Dovrò accertarmi.

E strinse ancora di più il trotto del cavallo, dirigendosi svelto verso il sentiero dei pini.

Quando finalmente raggiunse la media di questo, emise un giuramento e i suoi occhi lampeggiarono di rabbia. Aveva appena scoperto la carrozza semi addossata al pendio, i cavalli caduti in una pozza di sangue, mentre quelli che erano scampati all'attacco illesi scalciavano e nitrivano nervosamente con le gambe intrappolate tra i finimenti, e poco oltre, chinati sulla dura terra , tre donne spaventate, che gemevano con gesti tragici accanto a un fagotto che giaceva immobile a terra.

Il giovane gettò quasi sopra di loro il cavallo, costringendoli a correre in preda al terrore, urlando sempre come topi inseguiti e rendendosi conto che il fagotto era un corpo umano, ruggì:

"Stai calmo, mille raggi, non aver paura che non sono un fuorilegge! Che diavolo è successo qui?

La più completa delle tre, la figlia del fattore, che doveva scendere un chilometro dopo, si fece avanti balbettando:

"Oh galoppare, signore, è appena scomparso laggiù, potrei ancora raggiungerlo!

"Oms?" Chiese il viaggiatore, perplesso.

"Il ladro. Non dieci minuti fa è scomparso lungo quel sentiero. Cavalca un cavallo nero. Ha ucciso il sindaco, ha perquisito i nostri bagagli e la diligenza e ha preso un sacco che ha preso da lì... dal sedile... Galoppo per tutti i santi, e puoi raggiungerlo!

Il viandante, senza attendere ulteriori suppliche, ruggì:

"Aspetta! Tornerò a cercarlo.

E premendo gli speroni sui fianchi del cavallo, lo sollecitò:

Dai, Nevada, non dire che non puoi raggiungere un diavolo nero a quattro zampe come te che è solo dieci minuti avanti a te.

Il cavallo, come ferito nella fibra più sensibile del suo orgoglio, sobbalzò come un'espirazione e, in pochi minuti, superando un terreno ostile non favorevole a sviluppare la sua coraggiosa velocità, attraversò gli argini e uscì verso il pianura rivolta verso la direzione del fiume. a circa quattro miglia di distanza.

Il "Nevada", in linea retta, come se si trattasse di una gara importante, ha divorato un paio di miglia a un galoppo fantastico. Dietro di lui, una nuvola di polvere cancellava il suo passo, mentre il cavaliere, a denti stretti, il mento energico un po' sporgente e gli occhi fissi sulla pianura, stringeva con rabbia la canna del fucile, volendo scoprire un punto in movimento su cui sparare.

Mentre si avvicinava al fiume, lo sentiva nell'aria umida e carica di sporcizia che gli colpiva il viso durante la folle corsa, e temeva che se non avesse raggiunto il fuorilegge prima di attraversare il Missouri, sarebbe stato impossibile per localizzarlo, primo, per l'oscurità che si faceva sempre più accentuata, e secondo, perché l'altra sponda, coperta di cespugli e di alberi, si prestava a nascondere i perseguitati.

Mezzo miglio dopo, i suoi occhi acuti scoprirono finalmente il fuggitivo. Galoppava veloce quasi quanto lui e con uno sforzo di un miglio e mezzo avrebbe raggiunto il fiume e lo avrebbe lasciato a bocca aperta.

Il giovane chiese al suo cavallo il massimo sforzo e, afferrando il fucile per il calcio, si preparò a sparare nel momento in cui ebbe il fuorilegge a portata.

Quest'ultimo doveva essersi accorto dell'inseguimento, perché sembrava aumentare la velocità del suo trotto e, tra loro, si instaurava una lotta che poteva essere decisa solo dal cavallo più leggero e resistente dei due.

Ma il limite della gara era molto breve. Il fiume era un magnifico aiuto per il fuggiasco e un terribile nemico per l'inseguitore. Dovevano saperlo entrambi, perché entrambi stavano lottando per vincere la folle corsa corta.

Ma "Nevada" sembrava più leggero, perché il suo cavaliere ruggiva di gioia mentre lo guardava allontanarsi. In poco tempo, lo avrebbe avuto a portata del suo fucile e gli avrebbe sparato usando la sua mira precisa.

E infine licenziato. Il fumo dello sparo ha nascosto per un attimo il pilota e quando lo ha scoperto di nuovo, ha osservato che lo aveva mancato. La mobilità di entrambi era grande e la distanza, così come l'oscurità, troppe.

Ma ha ricevuto la risposta. Un proiettile lo sfiorò, avvertendo che anche il suo nemico sapeva maneggiare un'arma.

Questo ha stimolato la rabbia del viaggiatore. Non aveva paura delle persone arrabbiate; al contrario, è cresciuto quando ha avuto a che fare con grandi nemici.

Il fiume era già in vista. Il nastro leggermente nuvoloso del Missouri brillò come un'ampia lamiera d'acciaio nella luce sbiadita del pomeriggio, e il giovane sparò di nuovo senza successo.

Il cavallo del fuggiasco saltò in acqua sollevando un turbine di schiuma nera mentre cadeva e nuotò avidamente verso la sponda opposta, mentre il giovane, pungolando la sua cavalcatura, lo lanciava verso il fiume, per attraversarlo alle sue spalle.

Ma nello slancio e quando fu quasi a riva, "Nevada" calpestò erroneamente un buco nascosto e, piegando le mani, inchiodò il naso a terra, gettando il suo cavaliere per le orecchie. Rotolò come una palla e si alzò furiosamente, cercando di rimettersi in piedi per non far scappare la preda, quando era quasi a portata di mano.

Ma con profonda disperazione, osservò che la sua cavalcatura si era ferita alla gamba mentre cadeva. Il sangue le colava e non osava metterla a terra, forse perché il dolore glielo impediva.

Furioso, abbandonò il cavallo e corse verso la sponda del fiume. Il fuorilegge l'aveva attraversata e il suo cavallo premeva per andare sulla sponda opposta.

Alzò il revolver e sparò. Era l'ultima possibilità che aveva per fermarlo.

Questa volta il proiettile era più preciso e stava per fermare per sempre la fuga del fuorilegge; ma per uno strano movimento che faceva il cavallo per assicurare le zampe anteriori sulla riva, piegando le mani, il proiettile si conficcava nella sella, sotto la schiena del fuggitivo.

Per una rara coincidenza, quando il proiettile ha colpito, deve aver tagliato la cinghia della borsa da viaggio che pendeva dal cuoio, perché il giovane osservò perfettamente come la borsa si svuotò e si seppellì nell'acqua, vicino alla riva, sollevando un ampia vasca idromassaggio a bordo. Lavello. Quando sparò di nuovo, il cavallo aveva guadagnato terreno e si perdeva tra gli alberi, rifugiandosi in essi e nella sponda rialzata che lo proteggeva.

Il giovane viaggiatore rinunciò disperatamente all'inseguimento. Quando il suo cavallo lo aveva abbandonato, aveva perso ogni possibilità e quando si voleva seriamente organizzare l'inseguimento, Dio avrebbe saputo dove si sarebbe già nascosto il ladro.

Preoccupato, tornò al suo cavallo. L'animale nitriva dal dolore e il giovane esaminò ansiosamente la sua gamba ferita, ma presto scoprì che non c'erano fratture ossee. Aveva subito un doloroso graffio che lo aveva costretto a sanguinare e forse un colpo che gli aveva procurato un forte dolore, ma con un buon riposo e qualche cura all'arnica, sarebbe tornato nuovo.

E presolo per le briglie, non osando montarlo per non aggravare la sua situazione, tornò sul luogo della tragedia, percorrendo pazientemente il sentiero che lo separava dalla diligenza.

CAPITOLO III

UN PICCOLO INCONTRO

Quando raggiunse di nuovo il sentiero, la notte si era completamente chiusa e i tre viandanti spaventati, in preda al panico, non solo per lo shock che avevano ricevuto ma perché erano soli al buio accanto al cadavere del sindaco, desideravano ardentemente il suo ritorno.

Quando videro apparire il giovane con il cavallo per le briglie e sanguinante, la loro paura aumentò e una domanda balbettante:

"Sei... anche tu... ferito?

"No, per fortuna no, ma il mio cavallo lo è. Ha avuto la sfortuna di inciampare quando quel bandito era a portata di mano e questo mi ha impedito di raggiungerlo. Attraversò il Missouri e scomparve tra gli incidenti sull'altra sponda... Peccato!

Reagendo, ha aggiunto:

"Beh. Non puoi stare qui. Non posso andare al villaggio a chiedere aiuto, perché il mio cavallo non poteva tenermi in sella, quindi vado a vedere come posso mettere i due cavalli che mi sono stati utili da usare e Guiderò la diligenza al Nirvay, è l'unico modo.

Uno dei viaggiatori ha accennato a un'osservazione.

«Sembra che tu conosca questa parte della regione.

"Un po'", rispose il giovane sorridendo nel buio. Potrebbe essere una sorpresa vedermi arrivare lì alla guida di questo hulk.

Estrasse un coltello e tagliò la bardatura sul colpo di coda, liberando i due utili cavalli. Poi fece rialzare la carrozza, li attaccò nella posizione dei due caduti, e lasciò la carrozza pronta a partire. Tutto pronto, costrinse i viaggiatori a salire in carrozza. Non poteva impegnarsi a proseguire per Seneca, distante diciassette miglia, ma poteva tornare indietro e riportarli a Nirvay, finché lì non avessero riorganizzato il servizio e cercato un nuovo autista.

Quanto al cadavere dell'infelice cocchiere, lo issò sopra, a costo di grandi fatiche, per salvare le donne in difficoltà dal dover viaggiare in compagnia del morto e legare il suo cavallo al retro della carrozza, prese le redini e riprese la strada del paese a passo moderato, per non arrecare danno al proprio destriero.

Erano le nove passate di sera quando vide le luci del paese e un'intensa emozione lo colse nel vederle. Aveva sognato a lungo il suo arrivo sul Nirvay, ma non avrebbe mai immaginato che il suo ingresso in esso sarebbe stato così drammatico e spettacolare.

L'inaspettato tintinnio delle campane, udito dalla piazza mentre avanzavano lungo il sentiero polveroso, provocò una profonda sensazione. Quella notte non era prevista alcuna diligenza e dal capo della Casa de Postas all'ultimo vicino che passava per la piazza, corsero verso la strada, spinti dalla curiosità.

Finché qualcuno, riconoscendo la carrozza, gridò sgomento:

"È la diligenza di Jasper che torna... e non la guida!

Un nucleo affollato di curiosi si è avventato sulla carrozza quando si è fermata davanti alla stazione di sostituzione e Caster, il capo del servizio, si è fatto avanti pieno di profonda preoccupazione per chiedere la causa di questo insolito ritorno.

La luce delle due lampade appese alla porta dell'ufficio si rifletteva sul volto scuro del giovane che guidava il veicolo, e Caster, spalancando gli occhi, esclamò:

"Frank Neil!

Quest'ultimo, con un elegante balzo, scese a terra e, avanzando verso di lui, esclamò:

«In effetti, signor Caster, io sono Frank. Vedo che, nonostante la mia lunga assenza, sono ancora conosciuto in questa città.

Il capo, dopo il primo momento di sorpresa, spense un po' l'esaltazione che aveva messo nell'esclamazione e rispose freddamente:

"In effetti, sei ancora conosciuto e la gente non si è dimenticata di te. Quello che non capisco è come fai a tornare su quella diligenza in cui non avevi perso nulla.

"Esatto, non ci avevo perso nulla, perché stavo venendo a cavallo, lì si vede il mio mezzo zoppo dietro, ma quando un uomo incontra un palco perquisito su una strada, con due cavalli morti, anche il sindaco morti e tre donne infelici in preda al panico, il minimo che devi fare è aiutarle. L'ho fatto per loro, signor Caster, e non per la Missouri Company.

Caster, che aveva cambiato colore quando lo aveva sentito, ruggì:

Che dici, Frank? Che il palco è stato derubato e che Jasper...?

"Là dentro ci sono i viaggiatori che possono darti tutti i dettagli che vuoi, e per quanto riguarda Jasper, il suo cadavere può essere raccolto dall'alto dove l'ho messo.

Poi, indicando, aggiunse:

"Troverai anche una borsa strappata. Il rapinatore sembra aver effettuato una ricerca approfondita.

Caster, impallidendo, si lanciò verso la scatola e con mano tremante sollevò il rivestimento del sedile, rivelando l'interno vuoto. Sgomento, discese balbettando:

"Dio di Dio! Hanno preso la borsa di pelle!

"Cosa ottiene?" Chiese Frank, incuriosito.

«Uno che il signor Hamson ha mandato nel Marsland. Non so bene quanti soldi contenesse, ma secondo me erano almeno cinquantamila dollari!

I curiosi si portarono le mani alla testa sgomenti. Era una cosa troppo seria per non essere spostata. Pochissimi erano gli atti criminali che erano stati compiuti nella città, ma questo valeva molti colpi che si sarebbero potuti infliggere in tempi lunghi.

Da un'altra volta, quando ci fu anche una misteriosa rapina alla Banca, dalla quale scomparvero ventimila dollari di cambiali per il pagamento dei ferrovieri, fatti simili non si erano più verificati e la gente, spaventata, si staccava dalla diligenza formando circoli in cui si è discusso dell'evento e che poco dopo si sono espansi per il paese per diffonderne la notizia in tutti gli angoli.

Frank si occupò di aiutare i viaggiatori a scendere, accompagnandoli nella sala d'attesa dell'ufficio postale dove doveva attendere la risoluzione di Caster, e lui, disfatto, livide, senza poter fare nulla, fece il giro del veicolo. , accarezzandogli i capelli e parlando da solo.

Frank lo fermò di colpo, urlando:

"Cosa diavolo stai facendo lì in piedi? Perché non ti occupi di quelle tre povere donne e del cadavere del sindaco? Sei stupido?

Caster cercò di ricomporsi e mormorò:

"Sì, sì... è vero... devo... ma... per l'inferno!... Ti rendi conto della gravità del caso? Cinquantamila dollari dal Banco Ganadero...

"Che diavolo mi importa? Qual è questa cifra per il signor Hamson, meschino ed egoista, che per tutta la vita è riuscito a sfruttare le persone?

Lascia che li paghi e scoppi! Vorrei che lo derubassero in banca e gli indossassero persino la maglietta!

"Beh, parli così perché… beh, questo non è il momento di litigare. Aiutami se vuoi abbassare il cadavere. Allora lo sceriffo dovrà essere denunciato. Spero che sarai qui per testimoniare.

«Lo farò o non lo sarò, ma lo sceriffo saprà dove trovarmi. Sono stato assente dal villaggio per più di tre anni e non sono venuto per salvare gli interessi di quel rospo di Hamson, o per prendermi cura di lui, ma per vedere mio padre. Penso che sia prima di chiunque altro e ho fatto abbastanza per inseguire il fuorilegge che stavo per colpire, se il mio cavallo non fosse inciampato e caduto, ferendogli una gamba. Se il mio cavallo diventa zoppo, Hamson non verrà a compensare la perdita.

"Beh, non ne parliamo, Frank. Sei sempre così impetuoso. Ora si tratta di aiutare la giustizia senza guardare a favore di chi si fa.

Caster iniziò a chiamare due stallieri nelle stalle dei cavalli di riserva, e tra loro e Frank abbassò il cadavere del caposquadra.

Spostato nella stanza tra l'orrore mostrato dai viaggiatori, fu quando, alla chiara luce delle lampade, Frank poté apprezzare come l'autista fosse stato ferito. Il proiettile gli era passato attraverso il collo e il giovane, esaminando il corpo, disse:

«Non ci capisco molto, ma dalla forma della ferita giurerei che è stata cacciata di sfuggita, da un luogo alto. Il bandito doveva essere in agguato sui pendii o forse tra i rami di un albero. Che il dottore te lo dirà con più certezza.

Caster coprì il cadavere con una coperta e ordinò a uno degli impiegati di andare alla ricerca dello sceriffo, cosa non più necessaria, perché quando si sparse la voce dell'accaduto, qualcuno si era precipitato ad informare la prima autorità, e lei stava già andando alla Casa de Postas per intervenire nell'evento.

Frank, la sua missione compiuta, stava per lasciare l'ufficio per tornare a casa, quando la presenza dello sceriffo lo interruppe.

L'attuale capo della polizia non era lo stesso che la star indossava quando lasciò la città, ma era anche conosciuto da lui. Era Edward Lang, proprietario di una bottega di sellaio nel villaggio.

Edward, di fronte a Frank, avvertì:

"Aspetta un minuto, Frank, sembra che tu stia per andartene.

«Esatto, signor Lang. Sono tre anni che sono lontana da qui e sono venuta solo per abbracciare mio padre. Penso di averne diritto.

"In effetti, Frank, e nessuno lo mette in discussione con te, ma spero che il tuo buon senso ritarderà un po' la tua visita. È successo qualcosa di grave in cui sei intervenuto in modo spettacolare e spero che tu non voglia rifiutarti di dare il tuo aiuto alla giustizia.

"Certo che no. Ho già detto che stavo per abbracciare mio padre e poi mi hanno messo a loro disposizione.

«Be', rimanda un po' la visita. Se questo ti rende felice, ti dirò che tuo padre è in perfetta salute e che i suoi affari stanno andando sempre più rafforzandosi. Con questo, penso che tu possa rassegnarti ad aspettare qualche minuto.

Frank obbedì con riluttanza e tirando fuori la pipa, la bloccò mentre lo sceriffo lo assillava di domande.

Conciso, ha risposto:

"Senti, Lang, chiedi a quelle signore, sono quelle che possono informarti meglio. Sono arrivato quando il ladro stava già fuggendo verso il fiume.

Lo sceriffo ha ascoltato il consiglio e ha interrogato i viaggiatori. Gli spiegarono come era stata derubata la diligenza e tutte le manovre che il fuorilegge aveva compiuto.

Poiché Caster aveva solo parole per rimpiangere il furto della giacca di pelle di Hamson, lo sceriffo chiese:

"Chi sapeva che questa importante borsa viaggiava nella diligenza?

"Non lo so. Ovviamente io e il sindaco. Hamson l'ha portato qui di persona quando è arrivato il palco e me l'ha riferito di nascosto nel mio ufficio. L'ho comunicato di nascosto a Jasper quando gliel'ho consegnato e non lo so. Non ne so di più. Il signor Hamson saprà se...

"Devi avvisarlo immediatamente" disse lo sceriffo "è il più interessato alla faccenda.

"Non può essere", ha detto il capo dell'ufficio postale. Ha aspettato l'arrivo dell'allenatore pieno di ansia, perché doveva partire subito. Come mi ha raccontato in via confidenziale, ha avuto un incontro importante con una certa personalità per qualcosa di grande che riguarda la regione e... non so di più.

"Beh, sarebbe molto importante sapere chi conosceva l'uscita di quella borsa... questo dipende dal seguire un indizio.

Frank è intervenuto per dire:

«Ho il sospetto che tu sia fuori strada, sceriffo. In primo luogo, non credo che Hamson abbia dato due centesimi al banditore annunciando che stava inviando quel denaro attraverso un canale così esposto, e secondo, che a giudicare da quanto dichiarano i viaggiatori, il ritrovamento sia stato accidentale. Il rapinatore li perquisì, perquisì le buste della posta e infine, requisita la diligenza, trovò il nascondiglio. Se avesse saputo questo dettaglio e fosse stato il movente dell'aggressione, si sarebbe preoccupato di cercarlo in primo luogo. Per il resto non dovrebbe valerne la pena.

Lo sceriffo rifletté sulla logica di tali parole e disse:

"Penso che tu abbia ragione, Frank, ma... beh, sta pensando a tutto. Ora raccontaci la tua storia. Hai inseguito il fuorilegge.

"In effetti lo era. Mi dissero che non erano trascorsi dieci minuti da quando era fuggito e pensavo di averlo raggiunto.

Poi raccontò tutta la sua odissea e come la caduta da cavallo gli aveva impedito di dare la caccia al fuggiasco.

Ciò che tacque fu la sua convinzione che il sacco di pelle fosse stato lavato via. Questo era un dettaglio che è stato riservato per le indagini a tempo debito.

Il suo odio per l'uomo che aveva troncato la sua vita e le sue illusioni era così grande che preferì lasciare che quei soldi andassero perduti ed essere pagati dalle tasche private del banchiere, piuttosto che facilitarne il salvataggio, se possibile, sebbene non si fidasse che questo sarebbe il caso. era.

Quando finì la sua storia, lo sceriffo chiese:

"Hai qualche idea che ti aiuterà a un certo punto a riconoscere il ladro?

"Nessuno. Sono intervenuto nel tardo pomeriggio, quando il sole era già calato sotto l'orizzonte e regnava il crepuscolo. Ho potuto apprezzare, come i viaggiatori, che era un uomo dalle spalle larghe, di statura regolare, piuttosto alto e vestito stivali alti Stava cavalcando un cavallo tutto nero e non posso essere più preciso.

"Bene. Fornirò dettagli alle città vicine affinché i miei colleghi possano indagare. Forse qualcuno lo ha visto attraversare in qualche direzione. Non è una cosa facile se sei molto più avanti e attraversi il confine. Il Dakota e il Wyoming sono molto vicini e Là ...

Frank interruppe con impazienza:

"Bene, signor Lang", disse, "credo di averle detto quanto potrei contribuire al suo lavoro. Se vuole, prima che me ne vada, può esaminare il mio cavallo e vedere che la sua gamba è stata ferita durante l'inseguimento. Puoi anche vedere il mio fucile, a cui manca un proiettile, e il mio revolver, che ha tre proiettili.

"Aspetta un attimo", interruppe lo sceriffo. Di che calibro sono le tue armi?

"Il Winchester è un 40.70 a percussione centrale e il revolver un .45 Colt. Ha qualcosa a che fare con la morte di quell'uomo sfortunato?

Lo sceriffo arrossì un po'. La domanda di Frank era stata impetuosa e minacciosa.

"No... non credo... ma è bene avere più dettagli possibili.

Frank ha aggiunto ironicamente:

"Se è per questo, puoi anche misurare le mie calzature e gli zoccoli del mio cavallo. Poi mette tutto in un cappello, lo scuote, ne tira fuori qualcosa e... risolve il caso.

Lang lo guardò severamente, rispondendo:

"Frank, vedo che sei tornato impulsivo e beffardo come te ne sei andato. Hai dimenticato tante cose...

«Ti sbagli, Lang, non ne ho dimenticato nessuno. Forse è qualcosa di cui la gente si pente.

"Finché non ti appesantisce troppo...

«Be', se è così, peccato. Hai bisogno di altro da me?

"No. Puoi andartene, ma spero che non te ne andrai così presto da non avere la possibilità di rivederti.

«Temo di non andarci, Lang. Forse questa è la cosa brutta.

E si diresse verso l'uscita, nel momento in cui la porta si aprì con violenza e nella cornice si profilava la sagoma alta e bionda di una giovane donna, graziosa ed elegante.

Frank, come se fosse stato morso da un aspide, fece un passo indietro, sentendo un fiotto di sangue affluirgli al viso scuro, mentre il nuovo arrivato, vedendolo, impallidì, esclamando:

"Franco!

Fece un grande sforzo per ricomporsi e rispose:

"Certo, Silvia. Sono Frank Neil. Pensavo che dopo tre anni di assenza non ti saresti più ricordato di me.

"Una cosa è ricordare e un'altra è ricordare. Me l'avevano detto... ma, scusa. C'è una cosa urgente che devo chiarire.

E rivolgendosi al capo dell'ufficio postale, chiese con veemenza:

«Cosa sta attraversando la città, signor Caster? Mi hanno detto che il palco è stato derubato e che il sindaco è stato ucciso.

"Esatto, signorina Hamson," rispose il capo, confuso, indicando il corpo di Jasper nascosto dalla coperta. " Ecco qui.

Indietreggiò, lanciando un'espressione di orrore nella sua bella bocca e poi aggiunse:

«Orribile, signor Jasper, orribile! Ma... mi hanno detto di più... È vero che mio padre aveva mandato sul palco un sacco di pelle con cinquantamila dollari e che è sparito?

«È vero, signorina Hamson. Il sacco è sparito, ma per quanto contenga non lo so. Non lo sapevi?

"No", rispose confusa. "Mio padre non ha parlato con nessuno della spedizione...nemmeno con me. Mi ha solo detto che doveva essere assente fino a lunedì per una conferenza molto importante e non so dove. Mio Dio, cinquantamila dollari Quanto sarà sconvolto quando lo scoprirà!

"In effetti, non è una banale manciata di dollari.

"E... non è stato possibile localizzare il ladro?

Lo sceriffo indicando Frank, avvertì:

"Sì, signorina. Frank è arrivato sulla scena poco dopo e ha galoppato all'inseguimento del ladro. Lo ha raggiunto vicino al fiume, ma... il suo cavallo inciampò e cadde mentre il fuggitivo attraversava il ruscello. Gli sparò diversi colpi. volte, ma gli è mancato.

"Sì, è strano", disse Sylvia sarcasticamente, "che Frank Neil, un uomo che si è sempre vantato di essere un pistolero, abbia sbagliato colpi a una distanza che non supererebbe i trenta metri! Ci sono cose incredibili!

Frank sentì tutto il suo sangue prendere fuoco al suo commento. Non aveva fatto nulla per meritare il disprezzo di qualcuno che era sempre stato un buon amico, e ora, sentendolo accusare in quel modo feroce davanti alla gente, una rabbia sorda le inondò l'anima.

Infuriato, si voltò, esclamando:

"Sei diventata una donna aggressiva, sciocca e deficiente, Sylvia! Vedo che sei una degna figlia di tuo padre e che ti ha instillato le sue stupide teorie e il suo sciocco orgoglio di uomo ambizioso, senza merito di esserlo.

Allevatore cresciuto con i soldi, dimentica la sua origine e vuole cancellare la tua dal tuo sangue, come se fosse possibile. Non mi sono mai vantato di essere un pistolero e tu lo sai.

«Mi sono vantato solo di un uomo e di un uomo intero e senza sogni di grandezza che non mi si addicono. Se lo hai detto con un disordine, non vale la pena prenderlo in considerazione. Se fossi stato un uomo...

Una voce alterata chiamò dalla porta...

«Lei non è un uomo, Frank, ed è per questo che presumi di esserlo, ma qui c'è un uomo disposto a rispondere per lei.

Frank con rabbia volse gli occhi alla porta. In esso, e coprendo quasi l'intero arco, spiccava la sagoma di Dennis Powell, il ragazzo di Sylvia.

Vestito con eleganza sdolcinata e affettata, sembrava più di un ricco allevatore locale, uno straniero esotico proveniente dall'Oriente che cercava di adattarsi grossolanamente ai costumi e all'abbigliamento della regione. Era come una figurina impenitente che cercava di modificare abiti con arie aristocratiche di cattivo gusto.

Frank con rabbia fece due passi avanti dicendo:

"Sei un uomo? Non sei stato per tutta la tua vita più che un bambino sciocco, viziato di portare la tua ridicola figura in giro per la città e abbagliare giovani donne sciocche come questa. Gli uomini qui si vergogneranno di sapere che intendi rappresentarli.

Dennis, rosso come l'artemisia, è saltato addosso a Frank cercando di applicargli i suoi robusti pugni al viso, mentre Sylvia, spaventata, ha urlato di fermarlo, ma il tentativo del figlio del contadino non è andato oltre...

Frank piegò leggermente la vita, evitò il colpo alla cieca, e allungò il braccio destro come una potente molla, lo applicò alla bocca del suo assalitore, mandandolo indietro contro la porta.

Dennis andò a sbattere contro il telaio, emise un ruggito di dolore e crollò come uno sfigato, mentre Sylvia, terrorizzata, si coprì il viso con le mani, credendo che il suo ragazzo fosse stato disfatto dal terribile impatto.

Lang cercò di afferrare Frank, ma Frank, spingendolo via bruscamente, ruggì:

«Lasciami, Lang, lasciami; mi hai visto insultare e Frank Neil non è stato insultato da nessuno.

CAPITOLO IV

HAMSON INIZIA IL SUO ATTACCO

L'annuncio dell'arrivo di Frank Neil fu come se nel villaggio fosse caduta una bomba. Tre anni non furono lunghi per cancellare dalla memoria delle persone ricordi che, sebbene sopiti, rimasero perenni, e presto i dettagli della sua vita furono risuscitati di nuovo fino al momento in cui scomparve dal Nirvay.

La voce si è diffusa in seguito alla sua partenza sulla sua prestazione nel furto di bestiame, riaffiorata di nuovo nella memoria di alcuni e sebbene le prove non fossero state molto soddisfacenti, la calunnia popolare ammette sempre più facilmente il male che il bene e tutti sono loro stette in guardia contro di lui, aspettando che l'atteggiamento dello sceriffo assumesse questa vecchia faccenda.

D'altra parte, è stato molto casuale che fosse una figura di spicco nella questione della rapina in diligenza nel Missouri. Nirvay era una città mite e tranquilla, dove rapine a mano armata e morti violente si sono rivelate fiori esotici, e quell'evento sanguinoso "il più sanguinoso che sia stato ricordato nel luogo" doveva svolgersi proprio quando Frank stava tornando in città.

Ben presto la storia della sua esibizione è stata aumentata e corretta con il passaparola, e molti "come aveva fatto Sylvia", hanno accolto le sue dichiarazioni con riserve. Un individuo come lui, ottimo tiratore, non poteva tirare tre tiri così ravvicinati e il fatto che ciò potesse essere accaduto ha fatto sorgere alcuni dubbi.

Per tutta la giornata della domenica successiva, i commenti furono per tutti i gusti. I giovani, così come gli anziani, dimenticarono i loro divertimenti preferiti "alcuni balli e altri osterie" e in gruppi in piazza, nel corso principale, o negli stabilimenti, si dedicarono a formulare ipotesi sull'evento e attingendo e conclusioni particolari, poche delle quali a favore del nomade appena rientrato.

Non è apparso in città tutto il giorno di domenica. Stanco della lunga giornata e amareggiato per le scene che erano seguite al suo ritorno, trascorse la giornata dormendo, e quando si alzò, non volle lasciare la casa del padre, al cui fianco trascorse la serata raccontando il suo rischioso exploit in Occidente.

Riguardo alla questione dell'assalto alla diligenza, gli raccontò tutto quello che era successo, tranne l'incidente del sacco. Sembrava che qualcosa lo costringesse a tacere sulla faccenda, anche se non vi attribuiva grande importanza, poiché era certo che il sacco si fosse perso nelle acque fangose del Missouri.

Lunedì mattina, Hamson è tornato nella sua graziosa fattoria di periferia. Sembrava stanco per il viaggio, ma soddisfatto del risultato.

Trovò la figlia nervosa e con segni di aver pianto e quando cercò di indagare sui motivi di quelle tracce accusatrici, lei, febbricitante, gli raccontò tutto quello che era successo.

Il banchiere ha urlato alla notizia della perdita di denaro e dell'errata e brutale manifestata da Frank. Non poteva perdonarla tornare e trattare sua figlia in modo così sprezzante, sebbene in fondo fosse contento che l'incontro inaspettato si fosse sviluppato in modo così freddo e aggressivo.

Questo aveva appena cancellato ogni traccia del passato tra loro e lasciato il futuro chiaramente chiaro. Sylvia e Frank non potevano più nemmeno essere due amici discreti.

Per quanto riguarda l'incidente con Dennis, era furioso. Dopotutto, sotto il falso mantello di "cavaliere improvvisato", il sangue dell'Occidente pulsava in lui e l'aria di una vita turbolenta da allevatore, e lo disgustava che il suo futuro genero avesse subito una tale sconfitta e umiliazione.

Furioso, ruggì:

"Di che tipo di fango è fatto Dennis che non ha distrutto Frank? Ti ha insultato davanti allo sceriffo e se lo avesse distrutto proprio lì, Lang avrebbe dovuto essere d'accordo con lui.

"Ma papà" replicò confusa "Dennis voleva uscire allo scoperto in mia e sua difesa. Era disarmato ed è saltato addosso a Frank per coprirsi la bocca con i pugni.

"E ha lasciato la sua copertura, non è vero? Una situazione del genere non può rimanere così! Ammetto che Dennis non è un delinquente, né un pistolero come Frank, ma è un uomo e deve dimostrarlo. Non posso permettere che il futuro marito di mia figlia passi l'umiliazione di essere stato picchiato senza vendicarsi. Devi capirlo e anche lui.

"Va bene, papà, va bene, ma Dennis non ha avuto il tempo di rimettersi in sesto... quando sarà ristabilito... vedremo... Sai chi è Frank...

"So chi è Frank e lui saprà chi sono io... È tornato solo per rendere la mia vita amara, non mi perdona di essermi opposto giustamente alla tua intima amicizia. Credeva che fossi solo un rude allevatore che non aveva conosciuto le sue intenzioni e l'ho fatto. Stavo cercando di abusare della tua innocenza per ingannarti, sposarti e impadronirmi del mio capitale vivendo a spese di entrambi... No...! Non ho potuto acconsentire e sono contento che tu abbia reagito rendendoti conto di chi si tratta. D'altronde c'è molto da discutere sulla questione del furto dei miei soldi...

«Ammetto che lui, assente, non sapeva che stavo per effettuare la spedizione, ma... chi mi dice che non ero d'accordo con il rapinatore per dare il colpo alla diligenza? Lui lo sa, sa che la posta di solito porta Titoli, forse hanno accettato di rubarla e il caso gli ha fatto inciampare nella borsa... Cinquantamila dollari...! Questa è la cifra Sylvia, e se la condivide con quel fuorilegge, potrà vantarsi di aver fatto soldi là fuori e stabilirsi qui e cercare di rendere la mia vita amara...

No... non lo farà. Ho molte richieste da fare. La sua affermazione che ha inseguito il rapinatore e gli ha sparato senza ferirlo, perdendolo di vista, è infantile... Come se non sapessimo come quel tipo sa maneggiare un revolver!

"Cosa intendi con questo, papà? Chiese Sylvia, incuriosita.

"Molto e niente, ma, uno dei due; O è una bugia che ha inseguito il fuorilegge o l'ha finto per giustificare il suo intervento in materia... dovrò fargli stringere i pioli finché non canterà la verità.

"È molto forte papà, non puoi accusarlo senza prove.

"Nessuna prova? Non piove sul bagnato? Chi mi ha rubato quel bestiame appena sono sparito dalla città?

"Non poteva essere provato, papà... Scott ha detto che era quasi certo di aver riconosciuto Frank, ma a causa dell'oscurità avrebbe potuto essere confuso.

"Non era confuso... Aveva paura che Frank potesse vendicarsi di lui. È un bullo e spesso i bulli vengono salvati dalla forca per la paura degli altri, ma io non ho paura né di lui né di nessuno. Non dimentico che sono stato un allevatore e li ho visti molte volte faccia a faccia con i ladri di bestiame.

"Beh, papà… non ti agitare. Ora la cosa principale è riuscire a localizzare il ladro. Le autorità devono fare qualcosa.

"Qualcosa…! Lo farei se avessi autorità. Obbligherei Frank a parlare… Lui deve sapere…

"Papà!" esclamò Sylvia infastidita senza sapere perché. Penso che tu stia andando troppo lontano. Mi sono permesso di dubitare della verità che ha detto di esporre e ho visto come ha reagito furiosamente… Perché non è potuto succedere come dice lui?

"Hai intenzione di difenderlo adesso? Il banchiere ruggì, temendo che sua figlia nutrisse ancora un briciolo di simpatia per Frank.

"No, ma non voglio che tu vada agli estremi per poterlo confrontare con lui. Un'accusa del genere potrebbe esasperarlo e… mi fa paura pensare alle conseguenze.

"Non preoccuparti. Vedrai come il leone non è feroce come la gente lo dipinge. So come gestire la faccenda.

"Beh, e i soldi?

"Questo è il peggio, Sylvia. Ho la sensazione che accadrà qualcosa di spiacevole agli allevatori e ai coloni locali. Quel denaro era loro, io, nella mia qualità di direttore, devo ordinare la distribuzione dei fondi e utilizzare l'unico esistente significa trasferire i soldi. Se non c'è la sicurezza, qual è la mia colpa? La perderò? No… E questo è quello che devo mettergli in testa.

"Brutti affari, papà. Diranno che i loro soldi sono stati tenuti in banca per la loro sicurezza e che quello che hai spostato fuori non era il loro.

«Be', di chi è, forse il mio? Tutto il denaro che tengo appartiene a tutti e riguarda tutti. Vedremo cosa succede, ma non contare su di me che lo tirerò fuori dalla mia tasca. Trovalo e restituiscilo. Convoco un'assemblea degli azionisti e vediamo come va a finire.

E furioso, si diresse verso la banca dove rimase, tutta la mattina, rinchiuso senza voler vedere nessuno.

L'evento, sebbene avesse suscitato l'indignazione della gente, non aveva destato l'allarme, perché nessuno pensava che potesse riflettersi nei propri conti correnti. Tutti credevano in buona fede che la cosa fosse di competenza del Direttore, che era tenuto a vigilare sui depositi e che doveva essere responsabile della loro integrità.

Quando la banca ha chiuso, Hamson è stato costretto ad andare nell'ufficio dello sceriffo. Aveva mandato a dirlo a fargli visita e Hamson è venuto in furia.

"Questo è un vero scandalo, Lang!" Fu il suo primo commento. "Sei lo sceriffo del villaggio e rimani così calmo nei tuoi uffici senza sapere che i ladri infestano Nirvay come formiche sugli alberi. Ti rendi conto della tua responsabilità?

"Perché?" Rispose lo sceriffo infastidito. C'erano segni di fuorilegge nelle vicinanze?

"C'è un posto in Occidente dove non esistono? Ti trovo molto all'oscuro, Lang.

"Sarà la tua opinione. D'altra parte, mi hai detto che avevi intenzione di effettuare una spedizione così pericolosa?

"Ho dovuto pubblicizzare le mie transazioni?" Ruggì il banchiere. "Se cogliendolo nel più grande segreto che sia accaduto, cosa sarebbe successo a girare con la giacca mostrandola a tutti?

«Non incasinare le cose, signor Hamson. Era abbastanza che mi avesse avvertito. Io personalmente avrei accompagnato la tappa a Seneca.

"E quello? Forse mi devi la vita per non averti avvertito, ma nella migliore delle ipotesi, supponendo che fossi stato preso per un orco, il colpo sarebbe arrivato dopo. No, Lang, i soldi erano destinati a sparire, perché i ladri non avevano scomparso prima!

"È stato un evento fortuito. Credo che nemmeno il rapinatore si sia sognato l'importanza del colpo che stava per sferrare.

"No? E l'intervento di Frank? Se n'è andato quando il bestiame è stato rubato dal mio pascolo ed è stato riconosciuto da uno dei miei peoni; torna quando mi vengono rubati cinquantamila dollari e interviene nel modo più strano... non ho creduto a nessuna di quella storia assurda che ha raccontato.

"Come posso sostenermi per questo?

"Semplicemente nel suo background. La sua performance è molto oscura e credo che fosse in combutta con il rapinatore.

"Per rubare la sua giacca di pelle?

"Non proprio per quello, ma per derubare il palco e rubare i valori della posta. Sospetto che sia venuto con un collega e, come è noto qui, lo ha mandato a colpire, in attesa di aiutarlo. Quando lo vide trionfare, si presentò come salvatore dei viaggiatori e per giustificare il suo arrivo.

Sapeva che gli avrebbero detto che il ladro era appena fuggito e ha finto di inseguirlo. Sicuramente lo accompagnò al fiume per facilitargli la fuga e guidarlo. Terrei d'occhio Frank. Sono convinto che un giorno o l'altro cercherà il suo partner per reclamare la sua parte del bottino. Poi dirà che ha fatto soldi in Occidente e che sta venendo a stabilirsi... Cosa sai delle sue peregrinazioni là fuori?

"Niente! Perché dovevo occuparmi di lui?

"Certo, ma... vedrai com'è. Me lo dice il cuore.

«Be', non ho ancora lasciato andare la sua mano. Lo molesterò di domande, lo costringerò a rendersi conto della sua vita, e soprattutto dei suoi passi quando tornerà e lo farò sorvegliare... non posso fare di più, perché senza una prova non è lecito trattenere lui.

"Beh, potrebbe pentirsi di non averlo fatto. Un giorno gli scivolerà dalle mani come anguille e andrà con i miei soldi per riuscire lì e vivere splendidamente.

"Faremo in modo che non sia così. Ho ordinato in tutta la regione di indagare. Qualcuno deve aver visto un cavaliere su un cavallo nero.

"Un sacco! E arresteranno un centinaio di cittadini che montano cavalli di quel colore... Tu stesso potresti essere arrestato se te ne andassi per avere un cavallo nero. Io ne ho due, Isaac White ne ha uno...

"Va bene, ma non ci sono più indicazioni. Cioè, la giacca di pelle rimane.

"Che non lo indosseranno al collo per mostrare come un trofeo. La borsa apparirà un giorno vuota in un burrone e lì la storia sarà morta.

Lo sceriffo, assalito dal pessimismo di Hamson, chiese:

"Ti vengono in mente altri passaggi per scoprire l'autore?

"Se fossi uno sceriffo, ne penserei a tanti, perché non avrei paura di agire. Prima di tutto, metterei Frank in prigione.

"Non posso farlo.

"Nemmeno per il furto del mio bestiame?

Non per questo. Non è successo durante il mio mandato e, per quanto ne so, non è stato dimostrato in modo affidabile.

" Già! Come questo non sarà dimostrato. Il cameriere è intelligente, ma Lang, mettiti in piedi. Se non risolvi presto e bene, dovrò usare la mia influenza nel contorno in modo che uno sceriffo più capace ed energico è nominato Rumina questo, che ti interessa.

"Beh, puoi farcela, non lo metto in discussione. Se vuoi uno sceriffo adatto a te, lascia che lo nomino, ma io sono fatto a misura di giustizia né più né meno.

Hamson, scioccato, si alzò gridando:

"È una sfida, Lang?

"È un motivo. Farò ciò che ritengo necessario, ma non arriverò al punto di gettare sporcizia nei miei occhi per nessuno.

"Beh. Ricorderà quella minaccia.

E furioso, lasciò gli uffici, lasciando lo sceriffo ancora più furioso di lui.

L'irascibilità del banchiere si acuì durante le ore pomeridiane in cui continuava a lavorare alla Banca, e così, quando scese la notte, tornò alla sua fattoria, era uno sparo che stava per esplodere a pieno regime.

L'ultima persona a soffrire di ascessi biliari di Hamson quel giorno fu Dennis, il quale, completamente ripresosi dal colpo subito la sera prima, era venuto a trovare Sylvia ea testimoniare al banchiere per la perdita subita.

Quando Hamson fissò i suoi occhi feroci sul volto del giovane azzimato e scoprì i segni del terribile colpo sulle sue labbra gonfie, lo guardò severamente, dicendo:

«Che razza di uomo sei, Dennis? È uno di quelli che, seguendo le massime cristiane, quando riceve uno schiaffo, mette l'altra guancia per ricevere la seconda? Se è così, dubito che tu abbia un'altra bocca da offrire e che se la mettano come ti hanno dato l'unica che hanno.

Dennis, rosso di vergogna, esclamò:

"Sig. Hamson, sei ingiusto. Sono uscito in difesa di sua figlia e volevo punire quel ragazzo, ma ho mancato il colpo e non ho avuto il tempo di rispondere al suo. Non credo di aver mostrato paura.

«Ma sì, nullità, che per il caso è la stessa. Non mi piace, Dennis. Chiunque aspiri a ottenere la mano di mia figlia deve essere un uomo nel vero senso della parola. Ammetto di averti colto alla sprovvista e di averti schiacciato la faccia, ma cosa hai fatto da ieri sera?

"Niente, ma lo farò. Soffro e devo pensare a come risolvere la faccenda. Sai che non sono un pistolero; brandisco una pistola come tanti, ma non come Frank. Se fossi così stupido da cercava un revolver alla cintura, sarebbe stato come suicidarsi per mano di qualcun altro.

"Beh, qual è la mia colpa se suo padre non ha saputo educarlo per l'Occidente? È un nido di farfalle? Qui devi difenderti con ingegno e armi. Sono un uomo istruito per la società perché ho deciso di farlo ed è per questo che ho raggiunto la posizione brillante che ho; Ma ho anche imparato a maneggiare le armi difensive come Dio comanda, in modo che nessuno mi abusi perché mi vedono indossare una redingote, un gilet fantasia e una camicia con colletto bianco con sciarpa.

«Ti sei solo preso cura del vestito e con quello non andrai da nessuna parte, Dennis. Mi dispiace dirtelo, perché ti apprezzo molto e ti ho dato la belligeranza per corteggiare mia figlia, ma da ciò accadrà perché un giorno non potrò difenderla se qualcuno la insulterà, non quello. Sei stato umiliato agli occhi di tutti, non puoi dimenticarlo e solo lavando l'offesa riguadagnerai la stima del popolo.

«Ingeriteli per questo e non dimenticate che poiché siete voi l'offeso, avete il diritto di prendere l'iniziativa. Questo è un grande vantaggio per evitare tante storie con lo sceriffo. Se hai qualcosa in mente, capirai quello che sto dicendo e agirai di conseguenza.

E senza voler sentire più ragioni, lasciò tutto confuso e vergognoso per chiudersi nel suo ufficio.

Dennis è andato da Sylvia per un palliativo e un aiuto, ma il suo umore non era migliore di quello di suo padre. Aveva ascoltato tutta la sua diatriba e sebbene avesse affinato la sua educazione in una scuola, era ancora una donna della regione, in cui non si poteva negare il sangue dell'Occidente e dei suoi atavismi.

Ai lamenti del giovane rispose:

«Mi dispiace, Dennis, ma non posso accettare le ragioni di mio padre. Ammetto che Frank ti ha colto alla sprovvista e ti ha messo al tappeto con un colpo solo, ma non puoi lasciarlo così... Non capisci che saresti la presa in giro della città?

"Va tutto bene, Sylvia. Non ho detto che cerco di evitare un incontro con quel cowboy selvaggio, ma... devo guardare come lo faccio. Frank è un pistolero e non sono all'altezza di lui con una pistola in mano.

«Ma tu hai due pugni, Dennis. Conosco Frank e so che non è capace di usare armi che il suo opposto non è capace di usare. Non so cosa possa aver fatto, o di cosa possa essere accusato nello specifico, ma l'ho trattato a lungo e ho potuto vedere che ha sempre agito con nobiltà.

"Forse è 'il bandito generoso.' Un Jesse James o un Billy "the Kid"" ha commentato ironicamente, Dennis.

"Non so cosa sarà, né mi interessa. È finita, ma sono abbastanza onesto da rispettare la verità.

"Okay, sembra che voi ragazzi abbiate cospirato per farmi entrare in un affare pericoloso. Non sono un codardo, te lo dimostrerò più di ogni altra cosa, ma anche se non sono un codardo, non sono un pazzo che infila la testa in un ceppo per essere imprigionato.

E furioso per la violenza di quella situazione, prese il cappello e se ne andò senza salutare.

CAPITOLO V

QUELLO CHE UN UOMO NON PU SOPPORTARE

Frank ha trascorso l'intera giornata della domenica nell'intimità della casa, con suo padre, che gli stava dando informazioni molto preziose sulla vita del paese durante i tre anni di assenza del giovane.

Erano dati che, oltre a riportarlo in un tempo più felice e più lungo del presente, gli sarebbero serviti bene, poiché il suo scopo quando sarebbe tornato a Nirvay era di stabilirvisi definitivamente.

Il vecchio Neil, ancora forte ed eretto, soddisfaceva tutte le domande del figlio, soprattutto riguardo ad Hamson e alle sue attività. Il banchiere nuovo di zecca era stato la causa di tutte le sue disgrazie, e Frank stava tornando con l'intenzione deliberata di ripagare i suoi brutti momenti passati, se possibile, a picche. Quanto a Sylvia, era stato profondamente deluso di trovarla così cambiata e così attaccata alle teorie di suo padre, tormentata da manie di grandezza.

Fu preso da una profonda amarezza per aver potuto constatare che la buona amicizia che li univa, quello scoppio di amore semplice e sano che non esplose tra loro a parole, ma che era stato tacitamente ammesso dall'uno e dall'altro, non solo prosciugato. e morto, ma la radice velenosa si era trasformata in un disprezzo che non poteva ammettere.

Sylvia non sembrava né migliore né peggiore di suo padre. Era stata sedotta dallo spettacolo della grandezza ed era disposta a sacrificare il suo cuore e la sua giovinezza per un amore stupido e sciocco, la cui grandezza era stata misurata dal capitale che il padre di Dennis poteva possedere.

Frank non riusciva a spiegare il cambiamento nei suoi sentimenti. Conosceva Dennis come doveva conoscerlo, e senza invidia o passione, studiando freddamente le condizioni del giovane, non trovava in lui altro che un ragazzo vuoto e coccolato, utile a mettersi in mostra e a spendere, privo di ogni iniziativa e di tutti i nervi e così pagato del suo tipo e della sua sicura eredità, che ha dovuto sacrificare tutto alla posa e al flash.

Questo non era un uomo dell'Occidente, né avrebbe mai potuto esserlo. Tutta la fibra dell'ambiente che aveva respirato era morta in lui, e se

Hamson, che nonostante tutti i suoi difetti era aggressivo, tenace e dinamico, confidava che quella bambola presuntuosa potesse un giorno prendere in mano la direzione dei suoi affari, emergendo a pieni voti. l'azienda, aveva più che torto.

Ovviamente non era il suo genere. Sylvia poteva scegliere chi voleva e fare quello che voleva con il suo cuore, ma non poteva ammettere di averlo trattato con l'aggressività con cui lo aveva trattato, né si è guardata così alle spalle, quando tra loro non era successo nulla per giustificare tale atteggiamento.

Frank sapeva che era tutto il lavoro paziente di Hamson, ma gli faceva male il fatto che fosse fatta di una cera così malleabile da esserne rimasto così colpito.

Ebbene, ormai, ogni amicizia con la giovane donna era rotta, nessun ostacolo le impediva di restituire al banchiere i colpi che lui aveva cercato di darle. Questo era un debito non pagato, che non voleva dimenticare. Hamson lo aveva giudicato male come un nemico, lo aveva giudicato un triste bracciante di un ranch senza altre aspirazioni se non quella di godersi il capitale del banchiere attraverso un matrimonio con sua figlia, e stava per dimostrargli che si sbagliava. Era un vero uomo del West, con i nervi saldi per realizzare le sue aspirazioni e il momento di fare spettacolo era arrivato.

I tre anni che aveva trascorso fuori dalla sua città natale erano stati per lui un duro ma riproduttivo apprendistato negli insegnamenti della vita. Di fronte al bene e al male, aveva camminato lungo il sentiero che li delimitava, cercando un modo per fare fortuna senza che fosse favorevole per molto tempo.

Era stato bracciante in alcuni ranch, trituratore di bestiame, uomo di fiducia di un commerciante di bestiame, con il quale era riuscito a guadagnare qualche centinaio di dollari "i primi risparmi della sua vita", e in seguito, stanco della lentezza nel raccogliere un importo meritevole di quello spreco di energia, decise di scommettere tutto su una carta.

Le miniere d'argento in Nevada lo hanno sedotto. Non capiva le mine, ma aveva muscoli, tenacia, audacia e coraggio, e usando tutti i suoi risparmi per acquistare un'attrezzatura decente, se ne andò in montagna in cerca di cuciture.

Ebbe un momento di disperazione quando le sue possibilità furono esaurite prima di scoprire una minuscola particella del prezioso metallo; finché un giorno si imbatté in una debole vena in un luogo dove, poco dopo, l'argento cominciò a fluire generosamente.

La notizia della scoperta attirò una società operativa che iniziò ad acquisire le concessioni. C'era una scarsa offerta per il filone del povero Frank, ma Frank la respinse fermamente. Moriva di fame, stava per essere costretto a rinunciare allo sfruttamento, ma non voleva cedere il passo all'azienda. Aveva intuito che questo aveva bisogno della sua concessione incastonata nel cuore di quelli già acquisiti, e voleva farla pagare bene.

Ci fu una grande lotta, finché, rinchiuso in un numero, riuscì a farsi riconoscere quando non ebbe più il coraggio di resistere. Cinquantamila dollari era la sua posizione e voleva tutto o niente.

Quando ricevette l'assegno per la concessione, stimò che il suo peregrinare in Occidente fosse finito, e un giorno, senza preavviso, senza alcuna fretta, volendo riposarsi da tanta fatica in un dolce e piacevole viaggio attraverso la regione che lo vide Nato. Tornò a Nirvay in groppa al suo fidato cavallo, di cui non aveva voluto sbarazzarsi nemmeno nei momenti di più grande difficoltà.

L'assegno è stato depositato presso la Bank of Marsland, la fine del percorso delle diligenze del Missouri. Non aveva ancora deciso cosa avrebbe fatto del capitale e non voleva esporlo al pubblico fino al momento giusto. La sua idea era quella di acquisire un ranch in città e iniziare la sua campagna aggressiva contro Hamson. Doveva studiare le vulnerabilità del banchiere divinizzato e quando lo avesse avuto, avrebbe iniziato la sua offensiva.

Il padre di Neil, conoscendo suo figlio, aveva paura delle sue esplosioni e gli consigliò di frenare i nervi. Hamson era un uomo molto influente nel villaggio e poteva causarle un nuovo turbamento, come cercava di fare quando aveva abbastanza abilità da accusarlo di aver tentato di rubare il suo bestiame.

Ma Frank, ridendo, rispose a suo padre:

"Non preoccuparti. L'Occidente mi ha insegnato molte cose. So combattere su tutti i terreni. Se qui non trovo qualcuno che abbia il coraggio di affrontarmi con una rivoltella in mano, la rimetto nella fondina e fare uso di altri tipi di armi, ma ciò non significa che saranno meno terribili.A volte è meglio morire dignitosamente con un revolver in mano che essere esposti a morire come un coyote spelacchiato, conficcato in un buco, disprezzato dalle persone.

"Qual è la tua idea, Frank?" Chiese il vecchio.

«Non lo so ancora, padre; devo orientarmi. Preferisco averli nella convinzione che torno squattrinato. Se sapessero che ho soldi e che ho intenzione di comprare un ranch qui, Hamson userebbe la sua influenza per impedire che mi venga venduto. Aspetterò. Ah! Come stai facendo soldi?

"Se hai bisogno di qualcosa per completare l'acquisto, puoi avere fino a diecimila dollari. Il resto è investito nel magazzino.

"No, non ne avrò bisogno. Dove hai i soldi?

"Alla Hamson's Bank; non aveva altra scelta. Averlo portato a Seneca, a parte quanto sia fastidioso dover andare lì per effettuare le transazioni. Hamson avrebbe boicottato la mia attività.

"Beh. Questo in parte mi rende felice, perché mi dà il diritto di intervenire nelle operazioni bancarie di quel rospo. Fa affari con i nostri soldi e questo lo costringe a rendere conto.

Il padre di Frank si irrigidì, chiedendo all'improvviso:

"E ora che parli di trading. Cosa succederà con quella rapina?

" Cosa intendi?

"Semplicemente, chi perderà ciò che è stato rubato.

"Ray! Chi lo perderà? Hamson...

"Credi? Quindi, non lo conosci più. Durante la tua assenza, c'è stata una rapina che ancora non poteva essere chiarita. Qualcuno è riuscito a forzare una finestra, entrare di notte, e appropriarsi di qualche migliaio di dollari che il il cassiere aveva nel cassetto della scrivania un pagamento che doveva fare molto presto.

«Hamson convocò i correntisti e fece loro vedere che la Banca non aveva denaro proprio, ma quello che le era affidato e che poiché la scomparsa era stata fortuita e nessuno poteva essere incolpato, nessuno doveva versare tasca privata gli scomparsi. La formula era quella di abbassare la piccola percentuale di interesse al capitale per un certo tempo, fino a coprire quanto rubato.

"Campane dell'inferno!" ha urlato Frank. Non può essere... Chi ha detto che la Banca non ha soldi propri? Hamson non scambia i depositi e non usa denaro in transazioni commerciali redditizie? No... Non lo fingerà, ma se lo fa, Nirvay brucerà con tutto ciò che contiene. Mi sembra che questo sarà il punto debole dove si riceverà la prima diretta. Sono contento che tu mi abbia avvertito di questo.

Il giorno successivo, Frank ricevette un messaggio dallo sceriffo per presentarsi ai loro uffici. Il giovane, un po' sospettoso, ha risposto alla chiamata.

«Eccomi qui, signor Lang», disse. Dimmi di cosa si tratta.

Lo sceriffo, dopo aver ponderato la risposta, chiese:

"Vediamo Frank, tieni presente che non pregiudico le prestazioni di nessuno e quindi, non pregiudico le tue, ma non dimenticare che la mia missione è indagare su tutto ciò che è successo fino all'ultimo limite e trarne conseguenze se possibile e seguire un indizio se c'è spazio per questo.

"Molto bene, non lo metto in discussione.

"Pertanto, ti prego di non esaltarti e di rispondere alle mie domande con tutta sincerità. Sono in una situazione difficile e confesso che è a causa tua. Per lo meno, aiutami a risolverlo.

"Per amor mio? Non ti capisco...

"Beh, ti parlerò chiaramente. Hamson è furioso. Lo capisco perché il caso deve essere. Non dimenticare che ti porta rancore per cose che non mi interessano e che questo e il tuo arrivo prematuro in paese hanno destato in lui certi sospetti che ha cercato di farmi condividere, proprio perché li ha concepiti.

"Poiché ho resistito, ha minacciato di influenzarmi per sostituirmi, cosa che non mi interessa, ma mi interessa che non arrivi un momento in cui possa accusarmi di non aver adempiuto al mio dovere fino al limite.

"Voglio capirti. Di cosa si tratta?

"Da dove venivi quando sei arrivato qui?

"Dal Marsland.

"Puoi giustificarlo?

"Se necessario, in modo affidabile.

"Perché sei venuto a cavallo e non sul palco? La strada è molto lunga e faticosa.

"Vero, ma avevo un cavallo che non volevo né vendere né abbandonare. D'altra parte, fino a quando sono arrivato a Marsland, ho lavorato come un elefante, ho sofferto disagi e fame, ho avuto tutto nella mia vita e quando è arrivato per me il momento di riposare, ho voluto rendere il viaggio confortevole , calmo e pacifico. Desideravo venire ad abbracciare mio padre e avevo paura di venire per molte cose di natura intima.

«Forse per quell'accusa di furto di bestiame?

"Questo non mi ha mai preoccupato. Lo sapevo, perché me l'ha scritto mio padre e se non avesse raccolto la sua lettera molto lontano da qui e con molto ritardo, sarei tornato a mettergli in bocca un cucciolo di un anno con le corna e tutto quello che avrebbe avuto il cinismo di accusarmi falsamente. La questione è più intima.

"Suppongo. Immagino che tu abbia capito che la questione è morta.

"Sì, ma il lavoro di Hamson non è morto.

«Mettiamola giù, Frank. Hamson e molte persone hanno trovato troppo strana la coincidenza del tuo arrivo sulla scena dell'aggressione, esattamente dieci minuti dopo l'aggressione.

" E perché? La stessa cosa poteva succedere dieci minuti prima o essere arrivata al momento giusto. Ti dirò che quando ero a una decina di minuti di distanza, l'aria ha portato l'eco di diverse detonazioni nel mio orecchio, e attratta da esse, Mi sono messo al galoppo verso il sentiero. Quando sono arrivato, il ladro era trapelato da un crepaccio nei pendii diretti al Missouri, e su richiesta dei viaggiatori spaventati che pensavano che potessi raggiungerlo, ho cercato di seguirlo. Possono confermare che .

"Lo hanno sicuramente confermato, ma c'è chi sospetta che il rapinatore abbia agito d'accordo con te. Che gli hai dato indicazioni per svaligiare il palco, per conoscere il percorso e la dogana e che ti sei presentato poco dopo per giustificare l'alibi. C'è anche chi non crede che tu, ottimo tiratore, potresti sbagliare i colpi a distanza così ravvicinata e che quello che hai fatto è stato seguire il ladro, aiutarlo a fuggire e assicurarti che il bottino fosse buono e che un giorno avresti ricevi la tua parte.

«È Hamson a sospettarlo? chiese Frank, digrignando i denti furiosamente.

"Pensaci, perché ho intenzione di negarlo?

" E tu?

«Non sono ancora andato così lontano, Frank. Prima di fissare il più possibile quel sospetto, ho ricordato la tua storia e quella di tuo padre. Sei sempre stato un ragazzo impulsivo e burbero, ma onesto. Anche tuo padre. È vero che quando te ne sei andato, è successo l'incidente del furto di bestiame, ma... è andato a Hamson e Hamson ti odiava. Perché non sono riuscito a trovare qualche falso testimone per screditarti?

«Ho tenuto conto di tutto questo prima di giudicare e, quindi, non ho voluto ascoltare i suggerimenti di Hamson. È sicuro che le cose siano andate come pensa e che un giorno la tua parte negli affari verrà alla luce.

Frank era teso. Pensava che il giorno in cui aveva fatto sapere di avere del denaro, una cifra appunto pari a quella rubata, quei sospetti si sarebbero potuti accentuare nei suoi confronti.

Infastidito dal pensiero, avvertì:

"Questo significa che se mostrassi migliaia di dollari ora, la gente crederebbe che appartenessero alla borsa rubata di Hamson?

"Esatto, ma dal momento che ho il sospetto che tu sia diventato così calvo come te ne sei andato...

«Be', non sospettarlo, Lang. Ho soldi e precisamente una cifra pari a quanto rubato, ma fortunatamente posso dimostrare due cose. Primo, da dove è venuto e secondo, dove è stato depositato molto prima che avvenisse l'assalto.

"Vuoi provarlo?

"Sì signore, ma a condizione che non si accorga che ho quei soldi e li tengo per voi... non ho intenzione di mostrarli finché non ne avrò bisogno.

"Ma allora...

"Allora, chi vuole, mi accusi. Posso continuare a dimostrare che non ha nulla a che fare con la rapina, vedi.

Dal suo portafoglio estrasse il contratto per la cessione della sua vena d'argento per i cinquantamila dollari e il documento che gli era stato consegnato presso la Bank of Marsland, quando aveva effettuato il deposito del denaro.

"Questo ti soddisfa?

"Se non hai più soldi, sì.

"No. Non ne ho più, lo giuro.

"Bene. Lascia che questo sia dimenticato. Ora, ricorda. Non potresti fornirmi alcune informazioni per eseguire una procedura che mi aiuti a risolvere la questione? Sarai il primo a vincere, Frank. Conosci già Hamson. Lui è capace di sviluppare la sua teoria per tutta la città e la sua parola sarà sempre più creduta della tua.

«Sarebbe per te una situazione violenta se le persone, nel dubbio, ti ammettessero con riserve e credessero in cuor loro che sei stato complice del rapinatore.

"Lampi e tuoni! Se mi fa questo, lo uccido.

"Stai tranquillo. È più positivo dimostrare il tuo errore o calunnia. Uccidendolo senza fornire alcuna prova della tua innocenza, non ti aspetteresti nulla.

"Quale prova posso fornire se non ne ho di più?

"Non lo so. Ecco perché ti dico di far funzionare la tua memoria.

Frank stava meditando. Capì le ragioni dello sceriffo, che ora si stava comportando onestamente e lealmente con lui, e gli torturò il cervello per aiutarlo non solo nella sua gestione, ma per il proprio beneficio.

Improvvisamente, saltò sul sedile e si alzò, esclamò:

"Ascolta, proverò quel test, ma non ora. Forse non era solo per me, ma per Hamson, e non voglio assolutamente beneficiarlo. Prima voglio conoscere il suo gioco e solo quando ne sarò convinto potrò o potrò contribuire. È qualcosa di molto improbabile e per lo stesso motivo per cui posso fallire, non te lo dico. Lascia che creda a ciò che vuole e usa la lingua come meglio crede. Un giorno gliela farò mordere e avvelenerò se stesso con essa.

«Hai torto a non dirmelo, Frank. Ti sto mostrando di trattarti come un amico.

"E lo apprezzo perché non ne hai idea, ma non voglio rischiare il fallimento e farti dubitare che sia stato l'epilogo di una storia che sta già prendendo troppi voli. Se posso fornire questa prova, sarai il prima di saperlo, te lo prometto.

"Beh, dovrò rassegnarmi. La cosa brutta è che in questo modo non possiamo avanzare nulla e Hamson aggiungerà benzina al fuoco e le cose si faranno molto strette. Ho paura che un giorno dovrò essere arrabbiato con lui, il che sarà quanto essere arrabbiato con la posizione, e se glielo permetterò ... pensa che nominerà qualcuno di sua fama per sostenere i suoi piani e darti molto da fare.

"Spero di no. Stai fermo e digli che stai lavorando al caso. Spero che non gli ci vorranno molti giorni per fargli quel test o... per fallire e poi...

E con un gesto di scherno uscì dagli uffici.

CAPITOLO VI

LA LOTTA

Dopo aver lasciato gli uffici dello sceriffo, decise di andare in giro per la città, presentarsi, coltivare vecchi amici e attingere all'opinione pubblica. In tre anni di assenza potevano essere successe cose che lui non sapeva e voleva conoscere il clima degli abitanti, conoscere esattamente le possibilità su cui poteva contare quando iniziò la sua offensiva contro Hamson.

Andava direttamente al bar di Oliver Kukon, il locale pubblico più decoroso della città, dove mercanti e industriali si incontravano per giocare a dadi oa poker e scambiarsi opinioni sulla situazione del mercato, o spettegolare un po' sui più piccoli. incidenti locali.

Era il crepuscolo, le luci del locale cominciavano a brillare contro l'oscurità azzurra che incombeva sulla strada polverosa, e la clientela, anche se non molto numerosa, era abbondante.

Non appena ha varcato la porta, ha scoperto diversi volti noti. Pat, il barbiere, che quando non aveva un cliente tra le mani si precipitava attraverso l'apertura per inzupparsi la gola o giocava sul bicchiere accanto ai dadi; il fabbro, che aveva già chiuso il suo stabilimento; Mr. Wilker, il farmacista, inconfondibile per il naso lungo e appuntito e gli occhiali che, ribelle, faticava a giocare sul vetrino; Jackson, il proprietario della merceria accanto al bar, e diversi altri clienti che, ora, quando li ha affrontati di nuovo, gli hanno fatto dimenticare di essere stato assente per tre anni.

Scoprì anche due ex peoni del ranch di Hamson con i quali aveva vissuto amichevolmente e altri di cui frequentava meno i rapporti, ma che non gli erano estranei.

Frank si aspettava un caloroso benvenuto da parte di tutti. Non che pensasse che sarebbero scoppiati a piangere di commozione quando lo avrebbero rivisto in mezzo a loro, ma credeva che la sua vecchia amicizia gli desse il diritto di aspettarsi da ciascuno una forte stretta di mano e un po' di piacevole chiacchierata, prendendo un interesse per le loro avventure. .

La sua sorpresa fu grande e dolorosa, quando dopo il suo saluto espansivo ci fu una risposta generale secca e morbida e alcuni gesti forzati, per giustificare ognuno di non essere più espressivo con lui.

Chi ha giocato commentava nervosamente l'andamento del gioco; I due peoni alzarono la voce, fingendo un litigio che non esisteva e così tutti ignorarono Frank, che, in piedi al centro dell'establishment, non sapeva che atteggiamento assumere.

La situazione era così violenta che avrebbe voluto afferrare ciascuna delle orecchie e scuoterle come conigli ribelli, per poi infliggere un sonoro colpo dietro le appendici dell'orecchio.

Con calma si avvicinò al bancone, e mettendosi davanti al proprietario, esclamò:

"Buonasera, Oliver. Che succede qui? C'è del male, o è che la gente ha perso il senso dell'educazione?

Oliver, un po' confuso, ha risposto:

"Ciao Frank. No... non c'è nessun malato... altrimenti... non lo so... la gente è un po' distratta da molto tempo. Ci sono molte preoccupazioni...

E molto poco senso della decenza. Dammi un bicchiere di whisky.

Oliver si precipitò a servirlo mentre lo guardava seriamente con la coda dell'occhio. Si capiva che anche lui era preoccupato e in preda allo stesso nervosismo che affliggeva tutti.

Frank prese il bicchiere, lo prese con la mano destra, voltò le spalle al bancone, appoggiandosi al compiaciuto, e con il tacco del suo stivale alto appoggiato alla sbarra, vagava per il locale con lo sguardo interrogativo.

I suoi occhi acuti osservavano la confusione che dominava tutti. Ciascuno adottava una postura che lo poneva in modo tale da non doversi confrontare con lui e chi non riusciva a farlo teneva la testa china sulle carte o sugli occhiali e sbirciava gli occhi, fingendo di osservare senza essere osservato.

Frank, sorridendo enigmaticamente, esaminò uno per uno in silenzio. Sembrava come se stesse cercando di leggere nei loro gesti e nelle loro posture la quantità di disprezzo che provavano per lui e forse il motivo che li costringeva a mostrarlo in quel modo codardo.

Non ne conosceva il motivo, anche se sospettava che risiedesse nell'influenza di Hamson e forse nelle sue teorie per volerlo coinvolgere nel tragico assalto alla diligenza del Missouri, ma sarebbe stato più grato per un attacco al volto, la maleducazione di un'accusa virile, erronea o vera, che quella indecorosa e priva di ogni virilità.

All'improvviso si sentì crespo. Non erano loro ma lui che si trovava in una situazione offesa, e preso da un impeto di rabbia, afferrò il bicchiere che teneva con le sue dita muscolose e lo frantumò con rabbia contro il terreno gridando:

"Ebbene, signori, sto aspettando una spiegazione!

Un silenzio di morte seguì lo schianto attutito del vetro contro la piattaforma del pavimento. Il gioco fu interrotto, i bevitori lasciarono dolcemente i bicchieri sui piani dei tavoli per non produrre rumore, e decine di occhi, in cui si rifletteva lo stupore, si guardarono in modo interrogativo, evitando di inciampare nel focoso e focoso .

Quest'ultimo, osservando che nessuno rispondeva alla sua domanda, avanzò dicendo freddamente:

"Sto aspettando una risposta, signori.

James Lawson, il proprietario di una segheria, forse il più rude e il meno timido di tutti, credette di essere più direttamente accennato quando osservò che gli occhi di Frank, voltandosi, erano fissi su di lui, e alzandosi, esclamò:

"Intendi qualcosa di specifico, Frank?

Sorrise evasivamente e rispose:

"Beh, grazie a Dio c'è anche uno che si dimostra meno codardo degli altri. In effetti, signor Lawson, mi riferisco a qualcosa di specifico: sono stato lontano da qui per tre anni; Me ne sono andato in franca amicizia con tutti o quasi tutti i presenti, e adesso, quando torno e vi rincontro, invece di ritrovare quel calore di amicizia che ho lasciato quando sono partito, trovo che sono stato accolto come per impegno e anche con disgusto. Penso di avere il diritto di chiedere loro perché, anche se non mi interessa perché in seguito.

Lawson, in modo elusivo, ha risposto:

"Non credo che ci si possa aspettare che le persone mantengano un'amicizia eterna quando ritengono che non sia conveniente per loro farlo.

"Infatti, non lo pretendo né lo desidero, quando non nasce dal cuore, ma mi sento obbligato a chiedere a colui che fino a ieri era mio amico, perché ha smesso di esserlo quando non ce n'era motivo.

"Credi che non ci fosse? Frank, ci conosci tutti. Anche se in questo momento parlo per me, credo di interpretare i sentimenti degli altri. Siamo sempre stati cordiali nelle nostre amicizie, ma quando qualcuno ha smesso di meritarlo, non abbiamo provato a spararlo via. Basta smettere di coltivarlo. Credi che non ci sia ragione e noi crediamo che ci sia... almeno fino a quando non ci fai cadere dall'errore.

"Quando te ne sei andato c'erano accuse specifiche contro di te. Forse non erano così precisi da meritare di mobilitare tutti gli sceriffi dell'Occidente per portarti qui a rispondere per loro, ma sei stato molto interrogato, e ora, quando torni dopo il tempo, non solo non vieni a cancellare quello , ma ti vedi mescolato in una materia oscura come quella.

«Neanche in questo ci sono prove contro di te, ma nemmeno tu hai chiarito come la luce del sole che non ci possono essere sospetti. Ognuno ha la sua suscettibilità e quando crede che una persona non soddisfi le condizioni morali che ritiene giuste per coltivare la sua amicizia, le lascia e... basta.

Ci fu un momento di tremenda attesa tra i clienti abituali dell'establishment quando udirono il vecchio sawyer esprimersi con quella rude ma sensata fermezza contro la quale non c'era spazio per manifestazioni di violenza.

Frank lo ascoltava a denti stretti, gli occhi fissi nei suoi. Riceveva la cucchiaiata amara con quanta più flemma possibile, sebbene nel petto gli ardesse una vampata di rabbia, non contro l'interlocutore, ma contro colui che aveva acceso il tizzone della sfiducia e del disprezzo.

Quando Lawson finì di parlare, Frank rispose con calma:

«Grazie mille per la sua franchezza, signor Lawson. Voglio ammettere le ragioni che mi dai per giustificare il tuo atteggiamento, che è quello di tutti i presenti e forse quello di chi non lo è. Ebbene, non posso oppormi per nessuna ragione per il momento, ma dimentichi che il mio nemico non ha saputo opporre, nonostante il suo antico odio, a nulla che possa soddisfare la sua vendetta e indurti a pensarlo. So da dove viene il colpo e mi adatto come un combattente perfetto che sono.

«Non posso biasimarti per la tua credulità infantile e tanto più perché, dimenticando la mia storia e quella della mia famiglia, mi hai creduto capace di commettere atti ignobili e arrivato a presentarmi con cinismo davanti a te. Lì le loro coscienze al momento della realizzazione, conto reciproco dei propri errori. Da parte mia, dirò solo che non prendo in considerazione quel disprezzo immeritato. Rimangono tanti giorni di lotta, tante cose da chiarire e tante cose da sapere, ma ti dirò che il giorno in cui le cose si chiariranno e si chiariranno perché sono il primo ad interessarmene, non venire a scusami con me. Per Giuda, non farlo, perché il primo che verrà a farlo gli metterò cinque pallottole addosso per essere stato stupido!

«Sono contento che si sia verificata questa situazione, perché mi risparmia nuovi rossori che non so come potrei adattare, ma senti questo: sono venuto a combattere e lotterò. Ti sei lasciato dominare da chi ti sta sfruttando e imponendo i tuoi criteri e verrà il giorno in cui ti renderai conto del tuo comportamento da pecora. Sono un uomo libero che non ammette tutela e me li scrollerò di dosso. Ci divertiremo in questa città e non sarò minimamente a ridere quando si verificheranno. Grazie mille, signor Lawson, per la sua onestà.

"Avremo occasione di ridiscutere l'argomento, ma quando sarò io a dover umiliarli, come hanno cercato di umiliarmi, ridendo di loro cose più tragiche e soprattutto più vere di quelle stupide accuse.

Si voltò verso il bancone, gettò qualche moneta sulla latta e, voltandosi, si preparò ad uscire dal bar seguito a disagio dagli sguardi fuggenti dei presenti.

Le parole del giovane li avevano lasciati confusi e imbarazzati. C'era in loro moderazione e accettazione, ma anche fermezza nascosta e aggressività, qualcosa come una fibra nascosta di fiducia e sicurezza di sé che gli faceva disprezzare le voci non confermate che gli erano state attribuite.

Per un attimo tutti si guardarono confusi, come chiedendosi se avessero davvero fatto bene a comportarsi così con lui o se, al contrario, avessero commesso una delle più grandi e imperdonabili nefandezze della sua vita.

Ma non c'era più rimedio. L'amicizia era stata rotta e, secondo l'avvertimento di Frank, non aveva alcuna compostezza possibile.

Quando Frank raggiunse la soglia, una figura si interpose, costringendolo a fare qualche passo indietro. Era Dennis, e Frank, nonostante la rabbia che lo preoccupava, scoprì al punto di essere ubriaco.

Dennis non era esattamente ubriaco, ma era sotto l'eccitazione dell'alcol.

Le parole dure di Hamson, l'atteggiamento freddo e un po' sprezzante di Sylvia e un po' di consapevolezza di sapere di essere in una posizione falsa dopo l'incidente all'ufficio postale, lo hanno costretto a cancellare l'oltraggio subito e, come sapeva, meno rischioso e determinato di suo rivale, ha scelto di valorizzare il falso ed effimero coraggio che l'alcol gli conferisce.

Dennis aveva bevuto più del necessario in alcune delle taverne locali che stava cercando Frank, e mentre si riempiva lo stomaco di alcol, la sua testa si riempiva di vapori aggressivi e le sue parole assumevano toni di violenza e aggressività.

Ovunque passasse si vantava di aver cercato Frank tutto il pomeriggio per sfondarlo con i pugni, finché qualcuno che aveva visto il giovane entrare nel bar di Oliver gli disse:

"Se vuoi davvero incontrarlo, non devi correre a lungo. L'ho visto entrare nel bar di Kukon qualche tempo fa. Lo troverai sicuramente lì.

"Grazie," mormorò Dennis. Vado a vedere se è vero o se sa che lo sto cercando ed è nascosto in un buco come le formiche.

E con passo esitante, andò al bar.

Frank, vedendolo, intuì che stava arrivando con un desiderio di vendetta e sorrise espressivamente. Non avrebbe potuto scegliere un momento più propizio per questo, visto il suo stato d'animo.

Impassibile, lei lo fissò, e Dennis, facendo un passo avanti, esclamò con voce roca:

"Cosa c'è che non va in te, Frank? Sembra che tu mi guardi come se avessi paura di me. Senza dubbio pensi che ora non sarai in grado di colpirmi alla sprovvista come l'altra sera e non sei sicuro di avere lo stesso successo di allora.

Tutti guardarono Dennis con stupore. Non pensavano a lui come a un combattente, tanto meno a permettersi di sfidare Frank, e un sentimento di curiosità morbosa li invase.

Frank ha risposto con disprezzo:

"Ascolta, Dennis. Io sono un uomo che non si è fatto spaventare da nessuno, men che meno da un tipo inutile e allampanato come te. Capisco che l'alcol ti rende coraggioso e mi sentirei che la gente commentasse che avevo approfittato del tuo inferiorità per darti una punizione severa.

«Se sei davvero ansioso di vendetta, e me ne occupo io, perché non avresti dovuto essere molto aggraziato davanti a quel rospo Hamson e meno davanti a Sylvia, dormi l'ubriachezza e quando sei sano di mente e misura il tuo valore senza falsa vanagloria, mi avrai a tua disposizione per vendetta.

Dennis rise con voce roca, dicendo:

"Mi fa paura, Frank! L'altro giorno ero sereno come dici tu e non hai perso tempo a parlare. Hai anticipato te stesso per ogni evenienza. Non nego di aver bevuto qualche drink, ma non era per prendere coraggio, ma per non annoiarsi cercando invano di trovarti.

Frank, impaziente, ha risposto:

"Ok, volevo salvare gli occhi di tutti da chiunque mi accusasse falsamente di nuovo. Se pensi di essere in grado di combattere, sono al tuo servizio.

"Così falsamente, eh?" Dennis brontolò, sorridendo stupidamente. Intendi negare che eri in coppia con il tuo partner e che hai condiviso il bottino di Hamson? E pensi che la gente...?

Frank, esasperato dalla ripetizione nell'accusarlo di quella rapina alla quale non aveva preso parte, non riuscì a contenere l'impulso di rabbia che lo dominava e tendendo il pugno in maniera fulminante, lo applicò sulla bocca ancora delicata di Dennis , costringendolo ad emettere un terribile urlo di dolore.

"Stupida carogna! Figlio di lupo! "Franco ruggito". Correggi quella calunnia che stai sputando in questo momento, o per Giuda giuro che ti spacco la bocca! Fallo, Dennis, fallo o ti distruggo! '

Dennis, infuriato per il colpo ricevuto e incoraggiato dalla testardaggine dell'alcol, si portò la mano alla bocca, ritraendola piena di sangue e con gli occhi rossi di rabbia, sbottò:

«Non sto rettificando nulla, maledetto cuore, sporco bandito! Colpisci se puoi, ma ti cancellerò per sempre e non sarai mai più il mio incubo. Sei venuto a rubarmi Sylvia e non ce la farai.

Dennis, esaltato, commosso, cercava un modo per applicare il pugno sul viso di Frank, ma Frank, freddo e sereno, lo schivò facilmente e ricambiò i colpi in contanti, ruggendo:

"Rettifica, Dennis, rettifica o ti faccio saltare la bocca! ...

Dennis si prendeva i colpi fino ai denti, sopportando il dolore dei terribili pugni, e schiaffeggiava furiosamente cercando di rispondere adeguatamente, mentre grugniva:

"No!... non rettifico! Pistolero! Ladro!...

Ad ogni insulto, Frank, più fuori di sé, esercitava i suoi terribili colpi e il volto del suo rivale era qualcosa che gli imponeva, senza che Dennis sembrasse accorgersi del dolore.

Improvvisamente, sentendosi colpito al petto, si chinò in avanti ruggendo come una tigre e penosamente si appoggiò all'indietro per un momento indeciso, con gli occhi rossastri e due terribili cerchi viola intorno ad essi, poi affondò la mano destra nella tasca della giacca e nella mano , apparve un enorme coltello, che luccicò sinistramente per un momento, poi cercò ferocemente il petto di Frank, senza Dennis, mentre iniziava il viaggio mortale, prendendosi cura dei colpi brutali che riceveva.

Frank, rendendosi conto del terribile pericolo in cui si trovava, fece un balzo indietro evitando il viaggio mortale, essendo sul punto di scivolare, ma con una potente slogatura si raddrizzò allungando il braccio.

La sua agilità riuscì ad afferrare il feroce coltello di Dennis e, usando le sue forze coltivate, non solo parò il colpo, ma torse il braccio di Dennis in modo tale che il contadino si piegò sulle ginocchia contorcendosi come un tralcio di vite.

Frank continuò a stringerlo a terra, e quando lo tenne fermo senza difese, piegò il braccio e lentamente, assaporando l'orrenda impresa, iniziò a piegare il braccio di Dennis finché la punta del coltello non minacciò la sua gola.

Un grido collettivo di orrore si levò dalle gole di tutti i presenti. Capirono che Frank era stato sfidato da Dennis e che Dennis aveva impugnato subdolamente il coltello, evitando tutte le regole sportive nel combattimento, ma la sua inferiorità fisica era così manifesta che quel fine, più che il risultato di uno sforzo nel combattimento, era un omicidio a sangue freddo.

Fu Lawson che, alzandosi impetuosamente, ruggì:

"Frank, no, per l'inferno! Non è nobile!

Frank esitò per un momento; Guardò Lawson in modo speciale e, stringendo furiosamente l'avambraccio di Dennis, lo costrinse a far cadere il coltello.

Lo prese con la mano opposta e alzandosi, incrociò le braccia davanti al suo nemico, il quale, mezzo distrutto, rimase a terra senza la forza di alzarsi.

Poi, in tono sprezzante, esclamò:

"Dennis, sei un idiota che pensa sotto dettatura. Devo averti ucciso per un imbecille e se non l'ho fatto è perché so che non sei stato tu, ma il whisky che ti ha lanciato per sfidarmi. Vai via, vai via e non metterti mai più davanti a me, se non vuoi che ti distrugga davvero.

"Un giorno parleremo di questi insulti e sia tu che quel porco Hamson mi pagherete il danno che stai cercando di farmi.

Dennis, inconsapevolmente, si alzò, e più umiliato che mai, strisciò verso la porta scomparendo dal bar.

Frank ripose il coltello e, fissando i clienti, era anche assente. Aveva dato loro la prova della sua cavalleria non uccidendo Dennis come era suo diritto. Nulla gli importava di quello che pensavano della sua azione.

È vero che nel parossismo della furia era stato sul punto di non fermarsi quando piegava il braccio del rivale, ma un sentimento di nobiltà lo aveva trattenuto.

Una cosa è servita come palliativo alla furia. Supponiamo il gesto di aceto che Hamson avrebbe fatto quando avrebbe scoperto la fine dell'avventura e l'amarezza e il rancore che Sylvia avrebbe sofferto quando avrebbe saputo del nuovo fallimento del suo stupido fidanzato.

Ma questo, essendo qualcosa, non soddisfaceva del tutto Frank. La sua autostima, la sua dignità e la sua onestà erano ferite e messe in discussione. Chiaramente glielo avevano fatto sapere al bar e sebbene avesse la coscienza a posto, non poteva evitare l'amarezza di sentirsi così ingiustamente accusato della cattiveria e dell'odio di Hamson.

Ma ognuno avrebbe avuto il suo turno. Dennis ne aveva già avuto parte, poi sarebbe toccato al banchiere devoto che avrebbe dovuto umiliare molto più in basso di quanto avesse cercato di umiliarlo, e poi...

Non provava odio verso Sylvia, ma piuttosto dispetto per la sua volubilità, ma sentiva l'urgenza di darle una lezione profonda perché si rendesse conto che nella sua stupida vanità, aveva scelto il peggio, disdegnando, non solo la sua felicità , ma anche sentirsi protetti. per un uomo intero e onesto com'era.

CAPITOLO VII

LA SORPRESA DEL SOCCORSO

Di notte, Frank non riusciva a dormire. Era tormentato dalla violenza della situazione e si chiedeva cosa potesse cercare di trovare una soluzione. All'improvviso gli tornò in mente l'episodio della fuga del fuorilegge. La borsa di pelle divisa dalla cinghia che sprofondava nel fangoso ruscello del Missouri rifiorì nella sua immaginazione, e sebbene non fosse molto sicuro della sua idea, decise di andare quella mattina dopo al fiume e tuffarsi sul fondo nella folle speranza di essere in grado di individuare la borsa.

Non dovrebbe avere troppa fiducia nel trovarlo. Il fiume, trascinando l'alluvione della sorgente, portava molta acqua in quei giorni e avrebbe potuto trascinarla chissà dove.

Tutto dipendeva dal suo peso. Se la maggior parte del denaro fosse stata carta, il sacco non avrebbe resistito alla forza dell'acqua, lasciandosi trascinare come un ceppo; ma se la maggior parte del contenuto fosse stato d'oro, forse il suo peso eccessivo l'avrebbe fatto sprofondare nel limo del fiume, dove con più o meno pazienza si sarebbe potuto collocare.

Era irritato dall'idea che fosse proprio lui a restituire i soldi ad Hamson. Contro tutto ciò che sosteneva, la perdita doveva ricadere su di lui, ma in mancanza di una migliore prova della sua innocenza, che potesse liberarlo dall'ingiusta calvizie che lo gravava.

Appena spuntata l'alba, montò a cavallo e, senza essere osservato, si diresse verso il fiume. Un bagno mattutino non gli avrebbe fatto male, anche se non riusciva a trovare quello che cercava.

Quando finalmente raggiunse la riva del Missouri, smise di studiare il terreno. Non deve disorientarsi, cercando il luogo più vicino dove è fuggito il rapinatore, altrimenti perderebbe pietosamente il suo tempo.

Alla fine si ricordò di un dettaglio che lo avrebbe guidato di sicuro. Quando il cavallo nero stava stabilizzando le zampe sulla soffice riva, Frank aveva inconsciamente notato un albero dai rami contorti, il cui tronco, molto basso, si spaccava a circa un metro e mezzo, formando due braccia biforcute che si alzavano dritte.

Ben presto scoprì l'albero e, rallegrandosi, si spogliò e si gettò in acqua.

La corrente non era molto potente. Il Missouri ha avuto momenti turbolenti e momenti in cui era innocuo e sebbene non fosse ancora piena estate che la sua corrente si fosse per metà prosciugata, il flusso dell'acqua non doveva spaventare un nuotatore come lui.

L'unica cosa che gli dava fastidio era dover inghiottire quel liquido sporco e fangoso che trascinava la terra strappata agli argini e le erbe e i rami che cadevano nel torrente nel suo seno, ma non poteva evitarlo, e senza esitazione, fece mente.

Nuotò fino alla sponda opposta e quando si trovò davanti all'albero, affondò con grazia, cercando il fondo. In quella parte lo trovò ad appena un metro e ottanta, e muovendosi come un pesce, immerse le mani nel fango, tastando ansiosamente il sacco di cuoio.

Quando i suoi polmoni contratti non ce la facevano più, saliva in superficie con un tacco per prendere fiato e di nuovo si tuffava con determinazione, disposto a non rinunciare al suo progetto finché non si fosse convinto che, in effetti, la borsa non poteva essere in uno spazio di tre o quattro metri rispetto al luogo dove lo vide cadere. Era un lavoro ostinato che consumava mezz'ora di tempo. Ogni due minuti usciva dall'acqua sbuffando come una foca, il viso e le mani infangati, ma non appena i suoi polmoni si erano normalizzati, si buttava ancora una volta sul fondo desideroso di non essere sconfitto dal rifiuto.

Finché, finalmente, quando la disperazione si impadronì di lui ed era pronto a rinunciare all'estenuante compito, le sue mani inciamparono su un oggetto, che afferrò con impazienza, perché l'aria stava già finendo, e con un forte colpo, si alzò .

Un grido di trionfo gli sfuggì dal petto quando riconobbe l'agognato sacco tra lo strato di fango che lo ricopriva, e nuotando con esso, raggiunse la riva dove aveva lasciato il cavallo, già abbastanza bene dalla gamba storta.

Lo posò per terra, si sedette al sole, ansimando, e quando si sentì un po' riposato, immerse il sacco nel ruscello finché non fu pulito da tutta la sporcizia che lo sfigurava.

Poi lo esaminò attentamente. La giacca con le iniziali WM e il nome "Banco Ganadero Nirvay" non lasciava spazio a dubbi.

La bocca era chiusa ermeticamente con un filo sottile ma resistente e le estremità del filo apparivano perse all'interno di un sigillo di piombo schiacciato, che impediva qualsiasi violazione del contenuto.

Per quanto riguarda il peso, pur non essendo eccessivo, era piuttosto pesante. Doveva contenere almeno tre o quattromila dollari in oro e il resto in carta.

Frank era contento del ritrovamento e si chiedeva cosa fare con la borsa.

Ora era dispiaciuto di non aver dichiarato il dettaglio quando lo sceriffo lo aveva interrogato. Era stato tenuto come un segreto personale, e se lo avesse restituito adesso, a quali commenti avrebbe potuto portare il ritorno?

Forse avrebbero giudicato che si fosse pentito dopo la rapina e che, a costo di restituire la borsa e il suo contenuto, avesse cercato di evitare che, indagini successive, potessero accusarlo più pienamente e portarlo in carcere, e chissà se è stato impiccato.

La sua situazione adesso era peggiore di prima. Aveva la prova del delitto, era solo lui a conoscerla e aveva in suo possesso la somma rubata.

Un'ombra di dubbio gli copriva gli occhi. Si chiedeva se non fosse meglio immergere di nuovo il sacco nella corrente, non sulla riva, ma al centro, dove nessuno poteva trovarlo. Sarebbe un capitale che andrebbe perso per sempre, ma non servirebbe a complicare ulteriormente la sua già complicata situazione.

Dopo un momento di angosciante incertezza, scelse di sbarazzarsi di quel sacco che gli bruciava le dita come un tizzone ardente. Era meglio lasciare le cose come stavano e non complicarle da soli.

Se il fuorilegge aveva perso il suo sacco, peggio per lui... ma perché, se si rendeva conto della perdita, non aveva provato quello che aveva ed era tornato a cercarlo?

Dato che si stava esponendo così tanto per il furto di quel dannato sacco, il minimo che avrebbe potuto tentare era il suo riscatto. Questo complicava solo i suoi pensieri contrastanti.

C'erano dettagli che non facevano rima tra loro e non veniva spiegato perché.

La mente degli indesiderabili non era molto sottile per mancanza di educazione ed esercizio fisico.

Hanno commesso un crimine per avidità o necessità e nessun dettaglio o pericolo ha fermato loro che non credevano di essere in grado di tornare indietro con una rivoltella in mano, e se così fosse, non è stato spiegato che non erano tornati in ricerca del tesoro, anche se forse non lo avrebbe fatto per paura che il suo inseguitore, vedendo che il sacco era caduto nell'acqua, tentasse di usarlo come esca contro di lui se fosse tornato a cercarlo.

Era determinato a restituirlo al fiume, quando quando lo prese basso tra le mani, fece pressione su di esso e rimase sospeso per un momento. Touch gli aveva detto qualcosa di molto vago, ma quel tanto che bastava per fermare l'azione.

Cos'era stato? Frank si concentrò su se stesso e premette di nuovo per chiarire di cosa si trattasse.

Se ne rese subito conto. Sopra il corpo, aveva imprigionato qualcosa di duro "senza dubbio le cartucce di monete d'oro", ma il tocco si ribellò ad accettarlo. La forma di quelle cartucce non sembrava la solita in una tale classe di monete.

Febbrilmente continuava a tastare in tutte le direzioni, e più armeggiava con gli oggetti duri che il misterioso sacco conteneva, più era convinto che non fossero cartucce confezionate di monete, nemmeno spiccioli. Era qualcosa di diverso che non poteva analizzare.

E un sottile sospetto ha sostituito il dubbio. Si diceva che c'erano molti dettagli strani che circondavano quell'evento e lì gliene veniva mostrato uno che a suo parere aumentava l'enigma di quanto accaduto.

Con la sua irruenza, prese il coltello e lo appoggiò sulla pelle per strapparlo. Aveva bisogno di uscire dal dubbio e non era un uomo che avesse i nervi saldi per lasciare una situazione che potesse chiarire un mistero.

Ma lo slancio ha lasciato il posto a un appello del buon senso. Nel momento in cui ha aperto il sacco per proprio conto e senza testimoni, nulla di ciò che sarebbe potuto accadere in seguito ha avuto valore. Tutto poteva essere il prodotto della sua inventiva e non era qualcosa che gli andasse bene.

La misura migliore era galoppare alla ricerca di Lang, dargli un resoconto di tutto e mettergli in mano il sacco, prendendolo come testimone per aprirlo.

Forse lo sceriffo si rifiuterebbe di farlo, nel qual caso non sarebbe schizzinoso e non lo colpirebbe davanti a sé per poi invocare la sua testimonianza.

Senza ulteriori esitazioni, si vestì, montò a cavallo e, nascosto il sacco, si recò al villaggio.

Quando arrivò negli uffici di Lang, Lang era impegnato a rivedere varie comunicazioni ricevute dagli sceriffi nelle città che si estendevano a entrambe le divisioni. Nessuno aveva visto un estraneo cavalcare un cavallo nero, perché non era facile per loro vederlo se fosse passato da quella parte.

Dopo aver scoperto Frank con un normale nodulo che lo nascondeva sotto la giacca, ha chiesto:

Che c'è, Frank? Cosa diavolo nascondi sotto la tua giacca con tanto mistero?

"Beh... non so come qualificarlo, ma giudicherai subito quando ti dirò qualcosa che l'altro giorno ho tenuto esclusivamente perché pensavo fosse una cosa banale che sembrerebbe qualcosa da romanzo da raccontare "Ricorderai che stavo per cercare di trovare una prova a mio favore. Ebbene, l'ho trovata e vengo a portartela.

E aprendo la giacca, mostrò agli occhi sorpresi dello sceriffo la giacca di pelle.

Quando Lang capì di cosa si trattava, esclamò:

«Per centomila diamine, Frank! Dove l'hai nascosto?

Frank, sorridendo, ha risposto:

«Non guardarmi così, Lang. Non l'aveva nascosto da nessuna parte. Sono venuto dal salvarlo da dove è caduto e mi ci è voluta mezz'ora per ingoiare del fango per trovarlo.

E, succintamente, le raccontò il dettaglio della perdita della giacca di pelle che era caduta nel silenzio, quasi certo che la corrente l'avesse portata via.

Lo sceriffo prese il sacco ed esaminò attentamente la cinghia. Anzi, era spaccato in un modo particolare e non esitò ad ammettere che il proiettile avrebbe potuto spaccare la pelle.

"Beh, ragazzo" disse "questo potrebbe essere decisivo per te... non nego che qualcuno metterà in dubbio la veridicità del ritrovamento, è un po' fantastico, ma la realtà è che Hamson recupera i suoi cinquantamila dollari anche se con it , il povero Jasper non torna in vita.

"Qual è la tua idea?" chiese Frank.

«Chiama Hamson, dagli il sacco e digli come è stato salvato da te.

"Mi rifiuto del tutto", rispose il giovane con fermezza. Hamson non vedrà questo sacco... almeno finché non avremo aperto ed esaminato il suo contenuto.

"Sei pazzo?" Chiese lo sceriffo. Non siamo noi a farlo. La borsa ha il sigillo intatto e quindi deve essere restituita al suo proprietario.

"Costringerlo ad aprirlo in sua presenza?

"Perché, se non vuoi? Non appena riconosci la borsa come tua e sei soddisfatto riconoscendo anche che appare intatta, non dobbiamo obbligarti a mostrarci il contenuto. Dipende da lui e dai suoi attività commerciale.

"Lo pensi? Beh, non io.

"Perché provoca?

"Per uno molto semplice. Hai mai avuto cartucce di monete d'oro tra le mani?

"Non molti, ma a volte sì. Ero un caposquadra di un ranch e gestivo molti soldi per conto del mio datore di lavoro.

"Quindi devi riconoscere al tatto cosa è una cartuccia di monete e cosa non è.

"Naturalmente.

"Beh, per favore, cerca con attenzione quegli oggetti duri che contiene la borsa e dimmi se pensi che potrebbero essere cartucce di monete.

Lo sceriffo incuriosito, obbedì al suggerimento del giovane e dopo aver palpato e tastato innumerevoli volte sulla pelle, mormorò sommessamente:

"Accidenti mi stai facendo riflettere, Frank! No, non posso dire che a me sembrano cartucce di monete!

"Beh, se davvero non lo sono, che diavolo c'è in questo dannato sacco?

"Non lo so, Frank... giuro che sono disorientato.

"Non io, anche se potrei essere intelligente. Ascolta questo; Hamson ha strombazzato che il sacco conteneva cinquantamila dollari in oro e carta, se non li contiene, cosa succede?

" Hell's Bells! Dove ti fermerai?

"Semplicemente, perché poi è un reato di truffa.

«Per centomila paia di corna di vacca, Frank! Vuoi farmi impazzire?

"No. Voglio chiarire le cose. O contiene quanto affermato da Hamson, oppure non lo contiene. Se è oro, oltre che in pepite, non si può ammettere che sia diversamente e se non lo è... allora il le possibilità che ti si aprono come sceriffo sono enormi, perché in tal caso non si tratta solo di un reato di truffa, ma di qualcosa di più tragico.

"Non capisco.

"Mi capirai. Se la borsa arrivava a destinazione contenente qualcosa che non è dichiarato, qualcuno doveva prendersi la colpa per un cambiamento e ... non poteva essere più che povero Jasper e se non si voleva correre il rischio che arrivasse con quello che contiene, per evitare tante complicazioni, in quel caso... l'interessato stesso sa molto più di me dell'assalto alla diligenza e della morte di Jasper.

«Per questo non ho voluto toccare la borsa ma era davanti a te ed è per questo che mi rifiuto di farmela restituire chiusa. Io e te, ho bisogno di sapere esattamente cosa contiene.

"Possiamo costringerlo ad aprirlo in nostra presenza... Lo costringerò.

"E potresti rovinare tutto. Lo farà e dirà che questa borsa non è quella che ha mandato, che qualcuno ha sequestrato una borsa alla Banca e l'ha cambiata. Inoltre, quando si tratta di me, è in grado di affermare che sono stato l'autore della battuta pesante e nulla possiamo provargli che sia illegale.

"Ma, Frank... che interesse avrebbe a fare una cosa del genere? È responsabile della perdita di denaro e ammettendo che Hamson intendeva commettere una truffa, l'ha commesso contro se stesso, che sarà colui che dovrà pagare la perdita.

"Credi? Aspetta qualche ora o qualche giorno e vedrai come questo non avviene. Ha intenzione di addebitare la perdita ai depositari e quella cifra sarà stata intascata.

"Non dire sciocchezze! Hamson è abbastanza ricco da non commettere questa piccola cosa pericolosa.

"Beh, aspetta, dico. Quando la banca è stata rapinata, ti ricorderai che hai caricato ciò che avrebbe dovuto essere rubato ai depositari. Gli interessi sono stati ridotti per coprire la perdita.

"Diavolo, è vero! Non me lo ricordavo.

E ora fingerà di fare lo stesso.

«Ma questo è inaudito per un uomo ricco!

"Non conosci la verità sui tuoi soldi. Puoi averlo e l'ambizione di perderti, puoi fingere di averlo ed essere annegato. Sai che congettura. Desidera essere milionario, perché il suo sogno d'oro è quello di diventare senatore. Dio conosce i mezzi che cerca di usare per esserlo.

Ma questo è molto grave. C'è una morte coinvolta.

"Perché c'è, sono contrario alla tua idea.

"Cosa proponi allora?

"Apri la borsa e controlla cosa contiene.

"Beh. Ammettiamo che non è quello che ha detto. Cosa accadrà dopo?

"Niente per il momento. Solo tu ed io saremo a sapere cosa contiene il sacco. È intelligente e saprà come evitare il pericolo, anche se ci sono dei dubbi in giro.

"Stai costruendo sulla sabbia, Frank.

"No, e ti prego di aspettare un po'. Voglio vedere dove respira. Sono sicuro che proverà ad addebitare la perdita ai depositari.

"Non sarebbe legale o logico.

"Ma lui è il padrone e li minaccerà. Se va bene, intasca i soldi, e allora forse è il momento di tirare fuori il contenuto della borsa.

"È difficile per me accettarlo.

"Non io. Penso che sia giunto il momento di fare qualche ricerca sulle attività finanziarie di Hamson. Se ha subito qualche fallimento, mettere il grilletto commetterà un altro nuovo furfante.

"Cosa sai fare?

"Non lo so, ma prometto di essere vigile. Hamson è la mia preda e io sono il gufo che lo distruggerà.

"Ma la morte di Jasper rimane...

"Un motivo in più per aspettare. Se riuscirà a sottrarsi a questa accusa, quel miserabile sarà senza vendetta. Credimi, Lang, non chiedo fantasie come Hamson ha chiesto su di me. chiedo realtà.

"Beh, aspetterò un po', non molto. Terrò questa borsa dove nessuno vedrà se i tuoi sospetti sono davvero veri. Vediamo.

Frank, con il coltello, strappò la pelle e ne rovesciò il contenuto sul tavolo. Entrambi si guardarono stupiti.

Hanno trovato pezzi di piombo limati per simulare in qualche modo la forma delle cartucce di monete.

Erano avvolti in pezzi di carta strappati da alcune riviste illustrate dell'Oriente, riviste che nessuno in paese riceveva e che solo una persona benestante e raffinata poteva ricevere.

Ma c'era ancora di più; uno dei lingotti grezzi era avvolto in un pezzo di carta bianca. Frank tolse il guinzaglio e mostrò il pezzo di carta immacolato. Questa appariva strappata alla testa, senza dubbio per eliminare qualcosa di scritto o stampato su di essa, ma tagliata bruscamente, lo strappo è uscito imperfetto e un pezzo di ciò che è stato soppresso o cercato di sopprimere, è rimasto nel foglio mutilato. Frank glielo mostrò trionfante dicendo:

"Guarda quei bordi, sono lettere inferiori e se cerchi qualche forma della Banca e la confronti, vedrai che corrispondono alla parte inferiore della carta intestata.

Lang annuì. L'intuito di Frank gli stava rivelando molte cose che non aveva mai immaginato.

"Hai ragione, ragazzo, e mi sto convincendo che Hamson sia un furfante. Metterò via il sacco e aspetteremo nuovi sviluppi.

Grazie, Lang. Sono contento che tu sia stato un uomo ragionevole che non è stato suggerito dall'influenza di quel furfante. Non tutti gli sceriffi sanno come mantenere il proprio prestigio e la propria autorità. Se minaccia di farti sostituire, ridi di lui. Hai la certezza della rielezione per molto tempo.

E raggiante di gioia per le scoperte fatte, lasciò gli uffici pronto a lanciarsi nella battaglia. Credeva di conoscere Hamson e sapeva che quando un'idea prendeva piede nel suo cervello, non era in grado di rinunciarvi, nel bene e nel male.

Frank era sicuro che la rapina alla diligenza fosse stata pianificata per far sparire la giacca di pelle, l'unico modo per cancellare ogni traccia della sua abile impresa, ma chi aveva commesso la rapina?

Il giovane al momento non era a conoscenza degli elementi che Hamson avrebbe potuto utilizzare per i suoi affari. Un tempo aveva nel ranch uomini senza scrupoli, come quello che si era dato per affermare di averlo riconosciuto in quel simulato furto di bestiame per perderlo, ma essendosi liberato del ranch, non sapeva chi poteva essere colui che si fa carico di un compito così sporco.

Naturalmente, presumeva che la persona esistesse. Non credeva che Hamson fosse in grado di eseguirlo di persona e l'importante era monitorarlo finché non avesse trovato qualcuno di sospetto che fosse in relazione con lui.

Questo non era considerato facile al momento. Hamson doveva stare molto attento dopo quello che era successo. La sua intenzione di approfittare dell'arrivo di Frank per biasimarlo, se non avesse fallito del tutto, non si era coagulata come voleva scrollarsi di dosso ogni possibile sospetto e sarebbe rimasto vigile per non commettere alcuna scivolata che potesse essergli fatale .

La cosa indubbia era che chiunque avesse agito in suo nome doveva essere protetto e nascosto da lui in un luogo sicuro e doveva essere scoperto, così come il famoso cavallo nero che servì ad aiutare il brigante a fuggire.

E con la testa piena di progetti, decise di attendere le nuove attività del suo nemico.

I sospetti di Frank furono presto confermati sulle intenzioni di Hamson di scrollarsi di dosso il pericolo di dover pagare lui stesso per la finta rapina.

La mattina dopo, sulla porta della Banca apparve un avviso firmato da Hamson in cui convocava tutti i depositanti di denaro in Banca per il giorno successivo, per discutere una questione per loro della massima importanza.

La gente, un po' schietta, ha ipotizzato che l'ex allevatore li avesse convocati per dare loro un resoconto ufficiale dell'evento e per informarli, in modo presuntuoso, che, non potendo addebitare la responsabilità della scomparsa a nessuno colpito dalla Bank, ha accettato la perdita da solo anche se potrebbe chiedere aiuto per coprire il deficit.

Frank lesse l'avviso mentre passava e quando tornò a casa, disse a suo padre:

"Spero che mi permetterai di venire a tuo nome a quell'incontro. sarò grato.

"Cosa proponi?" Chiese suo padre a disagio.

"Niente di violento, non allarmarti. Intendo difendere i tuoi soldi e quelli di tutti in città, anche se non se lo meritano. Ho le prove che Hamson cercherà di sopportare la perdita e sono disposto a non acconsentire.

Il vecchio Neil era d'accordo, ma Frank stava attento a non raccontare alla sua putrefazione ciò che aveva scoperto. Capì che meno erano nel segreto meglio era e avrebbe avuto il tempo di lanciare la notizia con la stessa forza che poteva lanciare una carica di dinamite.

E con il pieno controllo dei suoi nervi, ha aspettato l'arrivo del giorno successivo per partecipare alla riunione.

CAPITOLO VIII

FRANK VA IN CONTROATTACCO

Erano le dieci del mattino dell'indomani quando cinquanta proprietari terrieri, industriali, allevatori e commercianti di Nirvay e dintorni si erano riuniti nell'ampio salone della Banca, attrezzato dai suoi dipendenti per un incontro così importante.

La presenza di Frank fu accolta con freddezza e perfino con mascherato disprezzo, ma il giovane, senza apprezzare quelle manifestazioni ostili, trovò posto nelle ultime sedie contro il muro e attese che iniziasse l'incontro.

I suoi occhi acuti scrutarono la folla, scoprendo lo sceriffo e il padre di Dennis tra loro, ma non Dennis, che non dovrebbe essere in una posizione fisica per apparire pubblicamente.

Un quarto d'ora dopo, Hamson apparve vestito elegantemente, con la sua lunga redingote nera, il suo panciotto fantasia pieno di ricami sgargianti, i suoi pantaloni scamosciati a tubo e i suoi alti stivali di pelle con gli speroni.

Era un vestito mezzo eroe e mezzo cowboy che aveva adottato per il suo uso personale.

Portava sotto il braccio un grosso portafogli, e dopo aver salutato gravemente la folla, si sistemò dietro un tavolino accantonato davanti alle file di banchi destinati ai depositanti.

Prima di parlare, esaminò i volti dei suoi clienti e una profonda ruga gli solcò la fronte quando scoprì la figura di Frank sullo sfondo. Stava sorridendo leggermente e Hamson non era divertito né dalla sua presenza né da quel sorriso minaccioso.

Hamson si schiarì un po' la gola prima di decidere di parlare e infine, con tono affettato, disse:

"Miei cari amici, sono il primo a rimpiangere il motivo che mi ha spinto a convocare questo incontro, ma gli eventi mi obbligano a farlo. Il mio piacere sarebbe stato chiamarti per dirti qualcosa di piacevole che forse un giorno non lontano potrò comunicarti, ma per ora il motivo è spiacevole e doloroso.

«Sai come so cosa è successo di recente con la diligenza del Missouri. Uomini senza scrupoli né coscienza "e quando lo diceva guardava con baldanza Frank" non hanno esitato a versare sangue innocente, pur di non correre il rischio di quantità estranee che oggi mettono in pericolo l'economia di molti di voi.

«Urgenti e legittime esigenze della Banca mi hanno costretto ad affidare all'autista della diligenza un sacco di pelle con cinquantamila dollari, per un trasferimento che inevitabilmente doveva essere effettuato a Marsland, e con mezzi che non conosco, qualcuno ha saputo o sospettato di questa spedizione e ha preso d'assalto la diligenza, appropriandosi di quella somma importante. Non ho nulla da rimproverarmi.

«L'operazione era lecita. Le precauzioni che ho preso sono squisite. Io personalmente ho tenuto i soldi nel sacco, l'ho sigillato e dato al capo della Casa de Postas e ho avuto cura di vederlo nella diligenza dopo essermi assicurato dell'onestà del sindaco. Era tutto quello che potevo fare e l'ho fatto. Il resto è stato opera della fortuna o Dio sa cosa.

"Il fatto stesso è che il fondo comune ha subito un tale calo che non mi è imputabile. Siccome la Banca non ha un proprio capitale, ma il capitale esistente è tuo, essendo tuo, la perdita deve ricadere su di te.

Un mormorio di malcontento si diffuse nella sala. Hamson, a disagio, zittì con un gesto che diceva:

"Capisco che questo è doloroso per te, ma è anche doloroso per me che voglio unire la mia fortuna alla tua, sopportando quella perdita in una proporzione prudente. Nessuno ridurrà il capitale depositato nella mia banca. Non voglio che il furto ti causi quella perdita, ma c'è bisogno di trovare una formula che aiuti a compensare quel deficit e sono venuto a offrirti la formula.

«Ho il mio capitale, che non è grande, annotato anche nei miei libri di conto corrente e quindi la perdita colpirà anche me e quello che propongo è di sospendere il pagamento degli interessi per un tempo limitato che consenta lo storno e che anche quelli chi può, aumentare i depositi con nuovi contributi che permettano di ripianare il disavanzo in tempi brevi.

Questa non è una perdita in sé. I tuoi soldi saranno sempre garantiti dal mio onore, e la rinuncia a un piccolo interesse non è una perdita, poiché non diminuisce il denaro che mi hai affidato.

"Qui ci sono allevatori e proprietari terrieri che hanno depositi nelle banche della regione. Perché non dovrebbero patriotticamente aiutare il proprio, investendo in esso il denaro depositato in altri per aumentare il volume e aiutare il divario a essere rapidamente spazzato via?

Questa sarà una cosa temporanea. D'altra parte, anche se non dovrei parlare e sebbene mi permetta di farlo in modo velato, vi anticipo che grazie ai miei sforzi, molto presto potrò darvi notizie clamorose, che non solo vi faranno felice, ma aumenterà il valore di tutto ciò che hai. Sarà qualcosa di grande e benefico e mi dispiace di non dire altro, perché ho già detto troppo. Bisogna guardarsi dai ladri di iniziative, come dai rapinatori di diligenze.

«Spero che uomini come Jim Powell, che un giorno presto sarà mio parente, industriali come James Lawson, allevatori come Ray Prince e altri qui presenti, sosterranno la mia iniziativa e rafforzeranno il capitale della nostra Banca, colmando questa buca senza subire qualsiasi perdita nel tuo capitale.

«Cinquantamila dollari si recuperano velocemente con un regime austero nell'amministrazione e un aumento di cassa di circa centomila dollari che permettono alla Banca di manovrare con disinvoltura su prestiti, mutui e anticipazioni, su solide garanzie, con un interesse che ci risarcisce per questa stupida perdita.

«Attendo il parere di chi può e deve farlo per sapere cosa aspettarsi.

Prima che qualcuno avesse il tempo di parlare, Frank si alzò, chiedendo di farlo.

Hamson, furioso, rispose:

"Non hai interessi in questa banca. La tua presenza qui non è solo odiosa, ma prematura.

"Un momento. Rappresento mio padre; mio padre ha depositato i suoi soldi qui e io devo vegliare sui suoi soldi. Ho il diritto perfetto di intervenire per conto tuo.

Hamson si morse il labbro e, con un grugnito, si mise a sedere.

Frank, guardando il pubblico che lo guardava incuriosito, iniziò dicendo:

"Quanto a mio padre, non solo non contribuirà con un solo centesimo da aggiungere ai depositi, ma non ammette la perdita degli interessi legali.

Hamson si alzò in piedi in un basilisco, protestando ad alta voce, ma Frank, freddo e raccolto, rispose:

"Per favore lasciami parlare. L'hai fatto e sei stato ascoltato, ho ragione.

Presto, ha trovato un'eco nel pubblico. Stava difendendo i soldi di tutti e a loro piaceva il suo tratto.

Franco ha aggiunto:

"Non sappiamo né vogliamo conoscere il regime interno della vostra Banca. Tu, di tua iniziativa, hai inviato quei soldi senza garanzie e senza chiedere un parere a nessuno e sei solo responsabile della sua perdita. Per caricarlo su di noi era necessario che i depositari dessero il loro parere nel processo amministrativo e che fosse stato loro sottoposto per approvazione il modo di inviare il denaro. Quindi sì, perché saremmo stati tutti responsabili dell'incoscienza.

«Una quantità così viene spedita con più garanzie. Le persone sono raccolte per custodire il deposito e difenderlo, e non si consegnano a un povero vecchio che, per quanto coraggioso potesse essere, non poteva nulla contro la sorpresa.

"Di cui dovresti sapere molto" disse Hamson.

Diciamo che so tutto. Questo non dice nulla, perché se quelle stupide insinuazioni potessero avere valore, pagherei con il collo il delitto di averlo commesso, ma nessuno di questi signori ha dovuto perdere un centesimo poiché la colpa della perdita era loro.

Hamson, come una bestia alle strette, urlò:

"Spero che questi signori non abbiano un'opinione come te perché, se così fosse, metterebbero in pericolo non solo la vita della Banca, ma anche il denaro depositato.

«Ne parleremo, signor Hamson. Hai assicurato che la Banca non ha capitale. Da dove vengono, allora, gli interessi che paghi? Del movimento di quel capitale in prestiti, mutui, acquisti e vendite, chi conosce il volume e l'andamento dell'applicazione di quel denaro? Nessuno.

" Il Consiglio di Amministrazione!

"Il Consiglio non sa nulla. Sono uomini di buona fede, che non conoscono l'aritmetica e si fidano delle tue parole e della mole di fogli che presenti loro.

«Lo so per certo, e io, che credo di averne il diritto, esigo che per verificare se c'è davvero pericolo di bancarotta, se non ci sono interessi e se è necessario l'aiuto che lei richiede, sia nominata una commissione di uomini esperti che esamini tutti i conti, bilanci e documenti della vita della Banca, per esprimere un parere.

Hamson si portò una mano al petto come se fosse stato colpito da una mazza. Fu qualcosa che lo ferì profondamente, e come una bestia ruggì:

"Mai! Non ammetto un simile insulto! Sono un uomo...

"Un uomo come tutti gli altri, o forse diverso da tutti", lo interruppe Frank, "e se sei così sicuro che quello che ci hai appena detto è vero e onesto, non solo non dovresti opporti, ma dovresti essere il primo a fornire quelle strutture che rafforzeranno la tua situazione e ti faranno guadagnare quel supporto che solo con un tale esame può essere concesso o meno.

Le parole di Frank sollevarono un clamore di approvazione dalla folla. Dava prova di energia di fronte alla perniciosa influenza del banchiere e sebbene lo accusasse di nulla, sembrava che un sottile sospetto si stesse impossessando di loro.

Hamson, livido e decomposto, ruggì:

"Mai!! Quelle parole, che qui hanno il minimo diritto di usarle, sono un insulto così palese, un'umiliazione così schifosa, che risponderò loro come meritano chi non potrà mai raggiungermi in moralità e onestà Ritiro la richiesta fatta e non auguro nulla a nessuno.

«Perderò quei cinquantamila dollari dalla mia tasca privata e tu incasserai il tuo interesse. Se sono così egoisti, che è quello che vogliono, non ho nulla contro cui oppormi. Mi sembra che dopo questo non ci sia bisogno di continuare a litigare.

Un oh! di approvazione salì da tutte le gole. Frank aveva vinto loro una formidabile battaglia che erano sicuri che avrebbero perso senza il loro intervento, ma con loro grande stupore, Frank rimase calmo e raccolto, sostenne:

«È lo stesso, signor Hamson. Non mi importa se ho messo quei soldi o no. Ha tracciato un quadro inquietante per quanto riguarda il futuro della Banca e come non sono soddisfatto che ciò possa accadere, chiedo tale indagine.

"Ho detto che non lo ammetto! Ho un consiglio di amministrazione al quale risponderò. Dopo...

"È lo stesso," minacciò Frank. Con e senza il Consiglio, chiederò da solo, pagando qualunque cosa se mi verrà richiesto in seguito, che lo Stato verifichi una revisione dei conti. Quando hai espresso un parere, puoi continuare ad accusarmi se vuoi, non solo di rapina ma di calunniatore, per me è lo stesso. Poiché non ti è stato possibile farmi condannare per il primo, voglio darti l'opportunità di farmi condannare per il secondo.

Hamson, furioso, scese dal tavolo cercando di attaccare Frank.

Stava cercando la rivoltella da spargargli addosso, ma i partecipanti al tumultuoso incontro lo interruppero impedendogli di farlo, mentre Frank, perfettamente calmo, sorrideva sinistramente, meditando sull'effetto che le sue incisive dichiarazioni avevano provocato sul banchiere.

Hamson è stato trascinato fuori dai locali con la forza, ma l'allevatore, arrossato come la salvia, ha ruggito:

"Ti ammazzo, Frank! Sei stata la mia ombra nera per molto tempo e non sono un uomo che permette a nessuno di aprirmi buche lungo la strada.

L'incontro si sciolse in quel modo spettacolare e Frank fu tra gli ultimi a lasciare la banca.

Alla porta lo stava aspettando lo sceriffo. Franco ha chiesto:

"Che impressione ne hai avuto, Lang?

"Vuoi che te lo dica sinceramente? Beh, Hamson ha più paura di un'indagine alla Banca che di vedere frustrato il suo piano di sequestrare quei cinquantamila dollari.

"Ne ero convinto. Ora non può essere lasciato libero. La rovina incombe su tutte le persone del villaggio e deve essere evitata.

" Come?

"Non lo so. Non ti ho minacciato invano. Chiederò quell'intervento, ma lascerò passare qualche giorno per vedere come reagirà. Nonostante tutto, non voglio mettere a repentaglio i soldi di tutto ciò gregge credulone che mi ha disprezzato e insultato così malvagiamente.

Lang preoccupato, mormorò:

«Non sono calmo, Frank. Temo, qualcosa di strano da parte di Hamson. Non gli credo più l'uomo che sembrava. Non si tenta un colpo così disperato per accaparrarsi cinquantamila dollari e poi rinunciare. Se ne hai bisogno urgentemente, non ti è possibile versarli alla Banca; e se non li contribuisce... cosa ha fatto con la sua fortuna personale per aver bisogno di tali trucchi?

"Non lo so e sarei felice di avere qualche indizio per saperlo. In ogni caso, intendo non perderlo di vista. Devo spiarlo per vedere quali sono i suoi progetti. Sospetto che stia arrivando una tragica crisi.

"Stai attento. Se sembra perso è in grado di spararti.

"Cercherò di non dargli una possibilità.

Si separarono. Frank andò a casa per riferire a suo padre cosa era successo alla riunione e Lang, molto preoccupato, tornò nei suoi uffici.

Quello stesso pomeriggio, successe qualcosa che Frank non avrebbe sospettato. In parte è stata una coincidenza, ma potrebbe anche aver influito sul caso in modo che l'evento non debba essere forzato.

Frank era uscito per andare alla selleria del paese per far aggiustare alcune staffe, quando, attraversando la via principale, si trovò di fronte Sylvia a testa alta. La ragazza camminava seria e nervosa e sembrava cercare qualcosa con gli occhi in modo angosciato.

Frank, non potendo evitare l'incontro, cercò di allontanarsi dal lato opposto della strada, ma quando lo vide, sembrò respirare di sollievo e attraversando con decisione, gli fece cenno di fermarsi.

Egli obbedì irrigidendosi, e la ragazza, in tono supplichevole, esclamò:

«Frank, vorrei parlarti un momento.

"Nessuno ti ferma, Sylvia. Ti sento.

"No... non voglio che sia qui così in pubblico. Ci vediamo tra mezz'ora al prato di Willy?

"Perché no? Sarò tutto ciò che vorrai, ma sono abbastanza educato da non abbattere una donna. Ti aspetterò lì.

E lentamente, si recò nel luogo dell'appuntamento. Un prato lontano dal paese e protetto da alberi rigogliosi e da una siepe di confine, che lo nascondeva ancor di più alla vista di chi scendeva in quel luogo.

Quando Sylvia, tutta arrossata, apparve nel prato, Frank, incapace di controllare l'emozione causata dal poter parlare da solo con la donna che aveva costituito tutto per lui, esclamò:

"Beh, dirai quello che devi chiedermi.

La ragazza, dopo un momento di nervosa esitazione, esclamò implorante:

"Frank, per tutti i santi, cosa hai deciso di fare?

"Cosa vuoi dire Silvia?

"Il tuo atteggiamento nei nostri confronti. Cosa stai cercando e cosa vuoi?

"Credo che nulla che non sia lecito e legale. Dovrei fare questa domanda a tuo padre e... a te stesso.

«Non ti ho fatto niente di male, Frank.

"No. Tranne che mi hai trattato in modo aggressivo quando ho detto la verità su quello che è successo con la diligenza.

Abbassò gli occhi confusa, borbottando:

"Forse hai ragione. Non ricordo esattamente cosa ti ho detto, ma... ero nervoso per il colpo subito da mio padre...

"Ed è per questo che hai messo in dubbio la mia onestà, tu che la conoscevi meglio di chiunque altro...

"Frank... io... mi avevano detto cose che... è meglio non ripeterle... non avevi lasciato un manifesto molto pulito quando eri assente... ti accusavano...

"Tuo padre ha solo accusato me e sai perché. Non ero l'uomo che sognavi. A quel tempo era un povero bracciante nel suo ranch e sebbene mio padre possedesse un magazzino abbastanza prezioso e potessi aumentare gli affari in un dato giorno, tutto ciò non era abbastanza.

«Il tuo sposare un uomo perbene e onesto capace delle più audaci imprese nell'ambito della legge, è stato inutile. Aveva bisogno di un burattino per te, che non valeva nemmeno la pena di difenderti, ma non importava; Che tu fossi alla mercé del primo che voleva offenderti, non aveva alcun valore accanto alla manciata di dollari che poteva contribuire ai loro affari.

«E tu... hai dimenticato la nostra vera amicizia, il nostro amore nascente e fiero di un'educazione che qui è inutile perché con essa, in questo paese di gente onesta ma semplice, sei solo una cosa esotica a cui devi accantonare , ti sei imbevuto delle sciocchezze di tuo padre e ti sei arreso alla presunzione e all'orgoglio. È molto probabile che tu sia molto felice con Dennis, più felice che con me, ma, felice, in che modo? Questo è quello che vorrei sapere.

Lei, che lo ascoltava turbata, mormorò:

"Non sarò felice con lui, perché abbiamo rotto i nostri rapporti.

Gli occhi di Frank si spalancarono alla dichiarazione e rispose:

"Che dici? Hai osato ormai provocare la rabbia di tuo padre opponendoti ai suoi progetti?

"Non lo so né mi interessa. Questa è una domanda intima. Non ero molto affezionato a Dennis, l'ho ammesso, perché sembrava un bravo ragazzo e perché qualcuno, un giorno doveva essere mio marito, ma le cose che sono successe mi hanno ferito profondamente. Non ho tenuto conto che l'hai colpito la notte della casa di posta. È stata una sorpresa per lui, ma ho dovuto tener conto di quello che è successo dopo. Si mostrò coraggioso, promise di lavare via l'offesa ricevuta e... sprofondò sempre più nel ridicolo che era.

«Dopo... non so... qualcuno mi ha detto che non aveva combattuto con nobiltà... e l'uomo che non è nobile per combattere, non è affatto nobile... Ma questo è il minimo di esso. Le cose del mio cuore non contano, né sono venuto a parlartene. Mi hai costretto e penso di essere stato sciocco a dirtelo. Si è trattato di qualcos'altro che mi interessa di più.

Frank si è messo sulla difensiva. Stavano accadendo cose che consideravano molto importanti per il futuro e lui immaginava che Sylvia, quando meno se l'aspettava, sarebbe stata un ostacolo ai suoi piani.

"Di cosa si tratta?" Chiese.

"Di mio padre. È pazzo, Frank. Lo hai insultato e umiliato all'infinito. Stamattina hai cercato di affondare il suo credito e il suo buon nome, accennando ad accuse infondate che lo hanno fatto impazzire. Frank, per la nostra vecchia amicizia! Non metterlo in trance così angosciante

"Ha esitato a farmi passare per altri più terribili? Lui solo è stato causa di tutta la città che mi guardava con sospetto e mi accusava stupidamente di un evento di cui sono puro e puro. Sono un uomo che non si è mai tinto le mani di sangue innocente.

Non sono un assassino o un pistolero come te e lui mi ha chiamato. Maneggio il revolver, perché è la garanzia della mia vita come quella di tanti in questi climi, dove la vita degli uomini non conta, e mi difendo. Ho combattuto tante volte, ma sempre con nobiltà. Proprio ieri ho potuto uccidere quel burattino per legittima difesa e non l'ho fatto... Perché devo pagare con una valuta diversa da quella che usano per pagarmi?

"D'altra parte, non ho fatto altro che respingere un suggerimento di tuo padre che lede i miei interessi e chiedergli di rendere conto di come gestisce i nostri soldi. È un reato?

"Per chi ha la coscienza pulita...

"Chi ce l'ha, non si oppone, ed è contento che la sua onestà brilli. Una cosa è l'amor proprio e un'altra è la lealtà.

"Bene, ma si è offerto di perdere quei soldi. Cos'altro vuoi?

"Perché lo perderà se non dovrebbe? E se devi perderlo, perché sei contrario a mostrare le tue carte scoperte?

"Oh!... Non capiresti, Frank. La faccenda è delicata. Ti parlo da amico...
Mio padre non ha preso niente a nessuno, ma in questo momento ha un
progetto colossale nel suo mani che sarà una piacevole sorpresa per la città,
cosa molto grande e benefica che non può spiegare, perché se dovesse
fallire distruggerebbe tutto un lavoro laborioso che gli darà un profitto
favoloso e farà la sua Banca, il Banco del Poblado, uno dei più importanti
della regione.

"È per questo e nient'altro che ha il terrore di essere coinvolto per il
momento nei suoi affari... È questione di giorni. In breve tempo, assicura
che l'affare sarà concluso e non ci sarà più alcun pericolo noto. Frank, non
ti sto chiedendo di non difendere la tua... Ti sto solo chiedendo di
rimandare quella faccenda di qualche giorno. Poi ce la puoi fare e lui è il
primo ad essere soddisfatto.

" Tu la pensi così?

"Ne sono sicuro.

"Sai che lavoro è?

"No. Non ha voluto dirlo a nessuno... non a me, ma assicura che è una
cosa grossa.

"E cosa mi offre in cambio di quelle agevolazioni?

"Non è lui, ma io che te lo chiedo. Non ti chiederebbe niente anche se
sapesse che sta affondando per sempre.

"Ebbene, cosa offrite?

"Niente! Mi vergognerei di sapere che mi avevi comprato o venduto il
favore.

"Fa molto parte della famiglia Hamson chiedere e non dare. Puro
egoismo di cui non puoi liberarti. Tuo padre non esiterebbe ad impiccarmi
per un crimine che non ho commesso, ma approfitterebbe della mia
stoltezza se lo aiutassi con i suoi piani... E tu, della sua stessa casta, lo
asseconda.

Lei si arrabbiò furiosamente:

"Cosa ne sai? Non lo sopporto. Lui è mio padre e faccio quello che posso
per lui. Non conosci questo mio passo; se lo sapessi, avrei il più grande
turbamento della mia vita con lui.

"Oh certo! Ti accuserei di difendere un sicario, un rapinatore, un assassino
e un ladro, ma se gli do delle facilitazioni, ne approfitterà e continuerà a
cercare di perdermi. Tuo padre è un angelo delle finanze.

"Smettila, Franco! Pensavo di poterti chiedere in nome della nostra vecchia amicizia quel piccolo favore, ma vedo che sei troppo dispettoso per farlo. È lo stesso, non insisterò più e accetterò ciò che tu o il Fato volete portarmi.

Lei, con gli occhi offuscati da lacrime ribelli che stentavano ad apparire, si voltò per andarsene, ma Frank, preso da un folle desiderio di quell'amore che non era ancora morto nel suo petto, corse verso di lei, l'afferrò per le braccia e morse le parole mentre le pronunciava, ruggiva:

"Lo farò, Sylvia, lo farò e il diavolo non mi tiene in considerazione che con esso sto venendo meno al mio dovere e un giorno capirai che era così! Lo faccio, perché nonostante tutto ti amo ancora come ti ho amato quando sono partito e perché ero tornato qui spinto da quell'amore che è più forte della mia volontà. Non voglio niente in cambio, nemmeno un amore che sarebbe solo carità o dispetto.

«Lo farò per mia vanità, per soddisfare questo amore insensato che ho ancora nel petto e che sarà la mia rovina, ma lo farò e quando saranno accadute le cose che devono accadere, allora me ne andrò ancora e cerca di dimenticare che esisteva una donna che un tempo era la mia gloria e ora costituisce solo il mio inferno.

E come un pazzo fuggì dal suo fianco, lasciandola stordita e confusa.

CAPITOLO IX

I DENTI DEL CEPO

Una furia senza precedenti ha colto Frank dopo la scena violenta con Sylvia. Era stata portata via da un irrefrenabile bisogno di fare una stupida promessa e ora non aveva altra scelta che essere fedele alla sua parola. Beh... lo realizzerei.

Avrebbe concesso ad Hamson un margine di tempo per sistemare la sua situazione, un margine che avrebbe potuto utilizzare per cercare denaro e offrire a un'indagine una normalità fittizia che sarebbe cessata non appena l'impressione fosse passata, ma non avrebbe lasciato la sua mano e lo avrebbe guardato al suo meglio. minuziosi dettagli, per seguire le sue orme e cercare di scoprire quali fossero le sue macchinazioni.

Non avendo voglia di parlare con nessuno, il giorno dopo montò a cavallo, e lasciando che il cavallo trottasse a suo piacimento, lasciò la città su per colline e radure, attraversando sentieri e ruscelli e filtrando attraverso boschi e sterpaglie senza accorgersene.

Improvvisamente, si rese conto di essersi allontanato troppo dal villaggio. Almeno dieci miglia a est, sulla strada opposta a quella che aveva preso quando era tornato in città.

Era vicino a Thedford, cittadina anch'essa appartenente alla rotta, a brevissima distanza dal Missouri.

Si trovava in cima a una collina, alla piacevole ombra di un gruppo di alberi che lo preservava dal sole feroce del mattino, quando, guardando il sentiero sotto di lui, a una distanza di cento metri, scoprì un Cavaliere al galoppo a un trotto svelto, e qualcosa era familiare ai suoi occhi quando lo scoprì chino sul collo del cavallo.

Quella figura, un po' obeso e tozzo, quel profilo rozzo, senza grazia, era quello del corpo di Hamson, anche se ora non indossava la sua imponente redingote, né il suo gilet marchiato, ma una giacca di pelle, un cappello da cowboy e un pantaloni infilati sotto i gambali alti.

Meccanicamente, Frank indietreggiò a cavallo, riparandosi meglio dietro gli alberi finché non lasciò passare Hamson, e poi, incuriosito di vederlo andare in quella direzione, decise di seguirlo con discrezione.

Quando ritenne di non poterlo vedere, scese dalla collina e mise al trotto il cavallo, ma si staccò dal sentiero e lungo un sentiero dissestato, seguì la stessa direzione, finché un quarto d'ora dopo, riuscì per scoprirlo al galoppo lungo la strada. .

Mezz'ora dopo erano in vista di Thedford, e Frank immaginò che avrebbe fatto il suo viaggio lì.

La cosa difficile era seguirlo all'interno della città. Molto probabilmente lo avrebbe scoperto, nel qual caso il suo piano di spionaggio sarebbe fallito, ma poiché non c'era scelta, decise di correre il rischio.

Lentamente entrò nel villaggio con gli occhi fissi in avanti, alla ricerca del cavallo di Hamson, ma doveva essersi infiltrato in qualche traversa, facendogli perdere le tracce.

Infastidito, decise di fare un sopralluogo in tutto il centro e percorse strade e vicoli, finché, quando uscì in un'ampia piazza, scoprì il monte del banchiere.

Era in piedi davanti alla porta di un edificio a due piani, una bella costruzione moderna in mattoni, sulla cui facciata un cartello annunciava:

«HOTEL TEXAS»

Frank lasciò prudentemente il suo cavallo all'imbocco di una strada vicina e si avvicinò con cautela finché non fu davanti all'ingresso dell'hotel. Questo non era solo un edificio moderno e confortevole, ma l'hotel era forse il più lussuoso di tutta quella parte della regione.

La porta a vetri girava su entrambi i lati, e dietro un ampio e ben decorato ingresso rivelava il bancone della reception, oltre a un'elegante scala che iniziava in basso a scorrere a forma di spirale torcendosi a destra ea sinistra.

Attraverso le finestre, scoprì diversi clienti dell'hotel, che per tipo sostenevano di essere allevatori di uno status eccellente, commercianti ben vestiti e alcuni individui in abiti esotici, che Frank classificò rapidamente come giocatori d'azzardo professionisti.

Che tipo di hotel sarebbe questo, e cosa avrebbe dovuto farci Hamson?

Dopo un momento di esitazione, decise di penetrare. Avrebbe chiesto una stanza e avrebbe cercato di approfittare di questa strana situazione.

Si avvicinò al bancone e chiese una stanza per dormire. L'impiegato lo guardò un attimo sospettoso, come se non lo giudicasse degno di vivere in un simile stabilimento, ma doveva aver rispettato il puledro che Frank dondolava negligentemente con la mano destra, mostrandoglielo più che come un oggetto curioso come una minaccia da non disprezzare.

"Sono tre dollari", disse l'impiegato.

Frank, senza protestare contro l'abuso, depositò la somma richiesta e l'impiegato chiese:

"Il tuo nome? Non scandalizzarlo, è d'obbligo annotarlo nel libro di ingresso, altrimenti non siamo curiosi.

"Billy Parker, va bene?" Franco ha risposto.

"Magnifico. Firma qui.

E gli offrì il libro dove aveva appena impresso l'immaginazione patronimica di Frank.

Diede un'occhiata al registro, ma non vi trovò il nome di Hamson.

"Al secondo piano, stanza numero 20. Ti fai il bagno?

"A volte," rispose Frank scherzosamente. Quali altri comfort mi puoi offrire?

"Hai un bar al primo piano e se hai qualche dollaro da spendere, hai una sala ricreativa.

"Adoro questo hotel e penso che rimarrò più a lungo. Anche se non sono vestito in modo completo, non pensare che io sia senza documenti. Sono venuto qui proprio perché un mio amico di Nirvay mi ha consigliato questo hotel con grande interesse.

"Dal Nirvay?" Chiese l'impiegato. Non lo so, abbiamo dei clienti lì...

"Certo. Era il signor Hamson, il banchiere. Ho un ottimo conto presso la sua banca.

"Oh! Avrebbe dovuto dirlo prima... Mr. Hamson... Aspetti! Penso che meglio della stanza numero 20, ti piacerà la stanza 32. Ha una bella finestra con vista sulla piazza.

"Grazie. Ora vado al Nirvay. Quando vedrò Hamson, gli dirò che sono stato molto ben curato.

L'impiegato strizzò l'occhio malizioso e rispose a bassa voce:

"Sig. Hamson è qui. È arrivato un po' di tempo fa.

"Diavolo, lo adoro! Dov'è adesso?

"Christ...! È con la signora...

"Ah! Già...! Avrei dovuto sospettare...

"Non so se resterà. Non veniva da alcuni giorni e la signora era già impaziente.

"E' naturale. Credi che sarebbe inopportuno farlo per vederlo?

"Penso di sì. Non gli piace essere visto. Quando arriva sta con la signora e discutono dell'andamento degli affari. Poi se ne va e non si fa più vedere in sala da gioco.

"Capito. Un uomo della sua posizione non può fare certe esibizioni... Non sarebbe grave...

Certo, hai capito. L'hotel è molto buono, è il migliore del Northwest Nebraska, ma... i tuoi nemici ti accuserebbero di far parte di un'azienda in cui il gioco d'azzardo è l'attrazione principale. Quindi se non te l'ha detto, faresti meglio a non vederlo.

"Penso che seguirò il tuo consiglio. Hamson è un buon amico mio e di mio padre, ma ovviamente la sua serietà... sua figlia... Dimmi, dov'è lui per scappare dal suo cammino.

"La signora occupa le stanze in fondo al corridoio a destra del primo piano.

"Grazie. Vado a pulire un po' e poi scendo in sala giochi. Là al Nirvay è disgustoso, non puoi giocare gli speroni perché ti criticano subito.

"Beh, qui puoi giocare fino al puledro, non preoccuparti.

Frank lasciò un dollaro sul tavolo per l'impiegato e, soddisfatto dei rapporti raccolti, si diresse alle scale per salire alla stanza che era stata designata per lui.

Ma quando arrivò al piano nobile, guardò per convincersi di non essere visto e avanzò arditamente lungo il corridoio, in direzione della stanza, che, secondo l'impiegato, apparteneva alla "signora".

Avanzando in punta di piedi, raggiunse la porta, e indiscretamente si chinò in avanti, applicando l'occhio destro al buco della serratura.

Attraverso il piccolo foro, poteva vedere solo un letto di legno lussuosamente vestito e un piccolo comò ovale a specchio, il resto non poteva distinguere per mancanza di spazio visivo.

Poteva sentire una voce di conversazione senza essere in grado di specificare una parola, il che lo fece arrabbiare. Avrebbe rinunciato ai suoi cinquantamila dollari solo per scoprire di cosa stavano parlando. |

Qualcosa oscurò per un momento la visione del letto che stava guardando. Era una sagoma femminile che si era fermata davanti al buco della serratura.

Frank poteva ammirare un tipo di donna un po' matura in età, ma magnificamente conservata. Era bionda, alta, snella, con braccia morbose e mani fini e levigate, alle cui dita scintillavano diversi anelli. Aveva magnifici occhi verdastri cangianti e capelli oltraggiosamente biondi che dovevano essere tinti.

Dal suo outfit riusciva solo a distinguere una giacca di velluto azzurro cielo, con il pizzo al collo e l'inizio dalla vita di una gonna nera. Ammirava anche un medaglione ingioiellato che pendeva dalla sua magnifica gola.

La signora gesticolava con rabbia e Frank distolse lo sguardo dal buco della serratura per applicare l'orecchio.

Dalla sua posizione, riuscì a cogliere chiaramente qualcosa che stava dicendo:

"Scusa Wilfred, ma le cose non sono andate bene in questo periodo. L'hotel fa molta spesa e c'erano pochi clienti e i pochi che venivano non rischiavano di fare il duro. Questo è molto costoso come purtroppo sai e due colpi di fortuna contro la nostra roulette mi hanno di nuovo sbilanciato. Ho bisogno di quei soldi senza fallo o dovrò chiudere.

Franco ha aspettato. Una voce maschile disse qualcosa di incomprensibile e poi, chi stava parlando, doveva essere avanzato perché lo sentiva dire:

"Ti avevo avvertito, Martha mi sei costata molto e proprio il momento è molto brutto per me. Devi fare tutto il necessario e aspettare qualche giorno. Proprio sono venuto credendo che mi potevi lasciare dei soldi per risolvere una questione di grande urgenza... È bene che non possa essere, ma per ora non chiedere un soldo in più. Non può essere, lo giuro!

Frank si guardò indietro. Gli era sembrato di sentire dei passi e si stava avventurando troppo lontano. Aveva riconosciuto la voce di Hamson e, con quello che aveva sentito, aveva abbastanza per sapere cosa aspettarsi.

Tornò sui suoi passi e scese nel corridoio.

L'impiegato stava servendo due nuovi clienti e non lo vide uscire.

Senza perdere tempo lasciò la piazza, montò a cavallo e al galoppo si diresse verso Nirvay. Prevedeva eventi imminenti e decisivi e voleva essere preparato per loro.

Quando arrivò in città, si recò direttamente negli uffici dello sceriffo per dargli un resoconto di ciò che aveva scoperto. Lang lo ascoltò con stupore e, in un caos di confusione, chiese:

"Cosa deduci da tutto questo, Frank?

«Non è chiaro? Hamson sostiene a sue spese quel lussuoso albergo e i capricci e i lussi del suo proprietario. Le cose vanno male e lui sta seppellendo lì molte migliaia di dollari. Questo chiarisce perché è stato costretto a fingere il furto del cinquantamila dollari e non sarà solo questo. Lei lo sollecita per più soldi e io ho minacciato di chiedere una revisione dei conti che potrebbe essere l'anticipo della sua rovina. Sarò molto ingannato se non tenterà un nuovo colpo in breve, più disperato del precedente.

"Cosa puoi provare?

«Non lo so, ma devi essere vigile, Lang. Non dimentichiamo che nelle mani di Hamson ci sono i risparmi e il piccolo capitale di molte persone, che sarebbero precipitate nella rovina. Non so fino a che punto i depositari abbiano evitato di caderci dentro fino a questo punto, ma se gli diamo il tempo di tentare un altro colpo di stato, la catastrofe sarà certa.

"Non immagino come potremo evitarlo.

«Sto solo tenendo d'occhio Hamson. Oggi ho scoperto il tuo viaggio per caso, ma così come l'hai provato tu, proverei qualcos'altro. Solo tu ed io siamo nel segreto e tu ed io dobbiamo montare la sorveglianza che ce la divide. Sarà un lavoro duro, ma forse non molto.

"Beh, sono d'accordo con la tua idea. Dato che devo frequentare gli uffici durante il giorno, sarai incaricato di guardare durante quel periodo, e di notte farò il mio giro. Credo come te che Hamson debba provare qualcosa di decisivo per risolvere questa buca e uscirne.

Ok, Frank ha lasciato gli uffici, con un'idea che gli girava per la testa. Gli era venuto in mente di affrettare gli eventi e lo avrebbe fatto immediatamente.

Trascorse la giornata aggirandosi discretamente intorno alla casetta di Hamson, nascosta da depressioni troppo cresciute, e fu severamente torturato scoprendo due volte Sylvia nel piccolo giardino, una che innaffiava le piante e l'altra seduta in un giardino. panchina, leggendo una rivista.

La vista della ragazza amareggiava i suoi pensieri. Si chiedeva che ne sarebbe stato di lei, quando suo padre avrebbe dovuto dichiararsi in bancarotta, e peggio ancora, cosa sarebbe successo se l'orgoglioso banchiere avesse commesso qualche nuova e scellerata azione che lo avesse portato sull'orlo.

In altre circostanze, avrebbe potuto alleviare il suo dolore e persino prendersi cura del suo futuro, ma ora, cosa avrebbe potuto provare, se quell'amore incipiente che li aveva uniti anni prima fosse morto nel suo seno?

Era un tormento per Frank pensare a Sylvia e al suo futuro, ma non c'era niente che potesse fare per impedirle la rovina.

Il benessere di molte persone del paese era nelle sue mani e il suo dovere imponeva di non sacrificarle tutte per salvare qualcuno a cui non doveva nulla, ma erano tempi brutti e una situazione anomala e crudele.

Venuta la notte, individuò un cavallo che, facendo una deviazione per non entrare nel sentiero generale, stava arrivando alla casetta. Era Hamson che tornava cupo e di umore infernale.

Sylvia, preoccupata, voleva sondare il suo umore, ma il banchiere non voleva confidenze. Si è limitato a dire che veniva dal colloquio con alcuni di coloro che stavano preparando il grande progetto che aveva in mano e che erano sorte alcune difficoltà che doveva studiare per risolverle.

E senza nemmeno dargli un passo per aiutarlo a calmare i nervi comunicandogli la promessa che aveva strappato a Frank, si è chiuso nel suo ufficio e ha dovuto rinunciare a vederlo e parlargli per quel giorno.

La mattina dopo, Hamson si presentò in banca. La sua serata, durata fino a tarda notte, era stata fruttuosa fino a un certo punto, perché era giunto alla conclusione di certi progetti che non avrebbe tardato a realizzare.

Lì, ha scritto una lettera che ha inviato con uno dei suoi dipendenti alla fattoria del padre di Dennis. Era una lettera molto studiata, nella quale gli chiedeva un prestito privato di diecimila dollari, con la promessa di restituire otto giorni dopo.

Ha posto come giustificazione il suo impegno a pagare per proprio conto i cinquantamila dollari mancanti e non contando quella cifra in contanti a suo tempo, ha dovuto effettuare trattative per la vendita di titoli privati, per riscuotere detta somma e iscriverla nel I fondi della banca.

Hamson attendeva con impazienza la risposta. Molte cose dipendevano dal successo della sua lettera che lo rendevano nervoso e preoccupato.

Stava aspettando la risposta, quando accadde qualcosa di inaspettato che lo fece impallidire dall'angoscia.

Uno dei suoi dipendenti gli aveva appena presentato un assegno di diecimila dollari, cifra che Ted Neil, il padre di Frank, aveva depositato in banca e che il vecchio commerciante su istigazione del figlio, aveva rivendicato come cancellazione del suo conto corrente in la Banca.

Hamson, furioso, ordinò che Frank fosse portato nel suo ufficio e, quando lo affrontò, esclamò furiosamente:

"Cosa ti sei proposto, Frank?"

"Basta raccogliere i soldi che mio padre ha depositato qui. Ne hai bisogno per un affare urgente e dato che è tuo, non credo che nessuno possa negarti.

"Certo che no, ma... questo prelievo dal tuo conto corrente è molto scioccante. Hai deciso di rovinare la banca?

"Per me è lo stesso, ma se quel denaro è stato depositato qui, deve essere qui e non credo che questo costituisca una rovina.

«Forse no, ma sai come operano le banche. Il denaro viene spostato per produrre e non è sempre nella cassa. Si comprano azioni, si fanno prestiti...

"Sì, ma non mi dirai che tutto il denaro è usato, e se lo è… dammi il suo equivalente in titoli facilmente vendibili e senza perdita. Mio padre ha bisogno di soldi.

"Oggi proprio?

"Oggi appunto.

"Non puoi aspettare due giorni? Ho impartito l'ordine di vendere titoli e ho impartito ordini di annullamento dei prestiti. Voglio raccogliere tutto in modo che sia nella scatola, quando farai quell'umiliante ispezione.

"Scusa, ma non vedo l'ora. Dev'essere proprio oggi.

Hamson stava sudando come un dannato. Non voleva sbarazzarsi di un solo dollaro, e la finzione di Frank stava sconvolgendo terribilmente tutti i suoi piani.

Disperatamente, ha lottato con Frank per ottenere un ritardo di due giorni da lui, ma il giovane intransigente è rimasto energico nella sua richiesta. Non solo non voleva dare tregua al banchiere, ma temeva che quei soldi, tutto il prodotto di tanti anni di lavoro di suo padre, sparissero senza possibilità di salvarli.

La discussione è stata interrotta dalla presenza di uno dei dipendenti che portava una lettera. Era la risposta del padre di Dennis.

Hamson, con il polso tremante, aprì la busta e sbirciò all'interno, tirando un sospiro di sollievo. All'interno aveva scoperto diverse banconote da migliaia di dollari. Con rabbia, senza chiedere il permesso, lesse avidamente il contenuto della lettera. Questo era freddo, anche se educato.

Il rancher Powell gli disse che aveva risposto alla sua richiesta più che per farle un favore personale, per aiutare i suoi vicini a garantire i loro interessi, ma non c'era niente di cordiale tra loro dopo l'incidente che aveva causato così amari guai a suo figlio, essendo più deplorevole l'atteggiamento sprezzante di Sylvia.

Hamson maledisse mentalmente la decisione di sua figlia di rompere con Dennis, ma ora non le importava nulla. Questa era una questione che apparteneva al passato, e il presente mostrava sfaccettature che lo allontanavano dai suoi progetti per milioni di chilometri.

Alzò la testa e quando vide lo sguardo freddo di Frank ebbe un ascesso di rabbia, e tirando fuori le banconote, le gettò sul tavolo ruggendo:

" Presa! E quindi questa somma serve da veleno a tuo padre e a te! Hai proposto di affondarmi, ma non ci riuscirai. Hamson è più forte e più intelligente di tutti voi messi insieme. Ecco i vostri soldi e un giorno rimpiangerai questo atteggiamento molesto.

"Forse, ma... è meglio che me ne pentirò, piuttosto che aver permesso a mio padre di perdere i suoi risparmi.

Hamson, feroce, si alzò urlando:

"Vattene da qui, pistolero aggressivo! Usi la tua abilità nel maneggiare la rivoltella e i miei anni per minacciarmi. I tuoi soldi! Credi che sarei rimasta con lui?

"Non ci posso più credere, perché mi è stato restituito. È più in riparazione, mi affretterò a comunicare la notizia a chi attende l'esito di questa gestione. Dirò loro che sei un uomo serio e solvibile, che onori i tuoi impegni e che possono procedere a ritirare i loro depositi, sicuri che non si opporranno a un diritto così legittimo.

E con un saluto comico lasciò l'ufficio.

Hamson si irrigidì alla minaccia. Se lui obbedì, e i depositari iniziarono a fluire alla finestra, solo il contenuto della sua rivoltella, ben applicato alla sua testa, potrebbe risolvere la situazione.

E timoroso di dover ricorrere a un simile provvedimento, si affrettò a ordinare ai suoi dipendenti di avvertire chiunque fosse venuto in cerca di denaro, che era partito e che non avrebbero potuto prelevare fondi fino al giorno successivo. Era l'unica cosa che poteva fare per guadagnare tempo, il tempo che lo stava schiacciando.

CAPITOLO X

Hamson aveva contato non solo di fermare il golpe fino all'indomani, ma fino all'indomani, poiché quella successiva era domenica, ed essendo festivo nessuno poteva costringerlo a infrangere i precetti aprendo gli uffici. Aveva quasi due giorni di tregua; Due giorni che, ben utilizzati, potevano essergli molto utili e dedicò tutte le sue energie ad utilizzarli.

All'una ordinò ai suoi dipendenti di lasciare il lavoro. Un solo agricoltore si era fatto avanti per cinquanta dollari, e Hamson si era affrettato a ordinare che fosse pagato, perché la somma non era degna di allarmarsi.

Rimasto solo, si chiuse all'interno della Banca e cominciò a controllare febbrilmente un conteggio di cassa nelle cassette. Aveva bisogno dell'ultimo centesimo e dell'ultimo valore garantito e non aveva intenzione di lasciare altro che i muri della banca e le carte di un futuro lavoro inutile.

Quando ebbe tutto insieme, lo mise con cura in un grande sacco di pelle e lo chiuse a chiave nel suo ufficio. Hamson era decomposto e furioso con Frank, che lo aveva materialmente affondato, frustrando un grande progetto che aveva, di aver salvato dal suo conto non solo i primi cinquantamila dollari mancanti, ma un'altra somma simile.

Ora non poteva più fare affidamento sui trucchi. Perseguitato e sul punto di essere scoperto, ha dovuto approfittare delle poche ore di libertà che gli erano rimaste per fuggire con le povere briciole che gli erano rimaste.

Non poteva più contare sui diecimila dollari che aveva così perfidamente sottratto a Powell. Quel demone Frank, di cui avrebbe voluto sbarazzarsi prima di scappare, era stato più intelligente di tutti, indovinando la sua situazione finanziaria e non gli importava più cosa fosse successo, ma cosa sarebbe potuto succedere. Se i sospetti di Frank fossero andati oltre, forse anche scappare non poteva essergli utile.

Ma doveva provare. La sua situazione era francamente penosa. Quella donna di Thedford lo aveva condotto in modo rapido e angoscioso sull'orlo del precipizio, e ciò che più si rammaricava era che questo sacrificio non gli sarebbe servito nemmeno per preservarla, perché ora sarebbe stato costretto a fuggire molto lungi da evitare che gli artigli della Legge gli fornissero una sistemazione indefinita, molto antagonista a quella di cui aveva goduto fino ad allora.

Per un attimo, la vista di sua figlia lo turbò. Non poteva portarla con sé, perché sarebbe stata un ostacolo e un pericolo; Né poteva darle un resoconto della sua situazione che non c'era modo di giustificare più che rivelando la verità, alla quale lei resistette per una traccia di pudore, e dovette lasciarla al suo volere senza mezzi di fortuna e solo con quella piccola fattoria che nemmeno lei potrebbe salvarla quando si tratta di liquidare il fallimento.

Ma l'istinto di autoconservazione era più forte di ogni altro sentimento. In ogni caso, fuggendo o restando, la situazione di Sylvia sarebbe stata la stessa, e lui, d'altra parte, non avrebbe goduto della possibilità di salvarsi.

Il destino lo aveva disposto in quel modo ed è così che doveva accettarlo, che se ne pentisse o no.

Quando non c'erano più soldi da riscuotere, faceva una revisione di libri e carte e sceglieva quelli più compromettenti, oltre a prove di conti correnti. Non ha lasciato nulla di valore dietro di sé ma era l'edificio, ma se con il loro valore intendessero azzerare il deficit pro rata temporis, si lascerebbe dietro uno scisma poiché nessuno poteva giustificare ciò che aveva depositato.

A metà pomeriggio lasciò la Banca di spalle, badando a non farsi vedere. Era l'ora in cui i braccianti del ranch avrebbero cominciato ad affluire in città e lui non voleva essere visto da loro.

Fortunatamente, il retro della Banca si affacciava su un vicolo poco frequentato, e scegliendo altri soli come lei, raggiunse la periferia e si diresse verso la sua fattoria.

Una volta lì, è entrato nel capannone dove teneva il suo passeggino e ha nascosto la giacca di pelle sotto il sedile. In seguito raccolse alcuni oggetti e carte nel suo ufficio che non voleva far cadere nelle mani dello sceriffo e andò in soggiorno, dove Sylvia stava ricamando con pensieri molto cupi.

Il banchiere, con grande gioia, le si avvicinò e, dopo averla baciata, disse:

"Ascolta Sylvia, sto per finire un ottimo affare. Sai che ho accennato a qualcosa su di lui; Bene, ti dirò di cosa si tratta, in modo che tu ti renda conto della sua grandezza e mi aiuti con un piccolo bisogno che richiede la tua collaborazione. Presto inizieranno colossali lavori per sfruttare le acque del Missouri e creare una zona di irrigazione per l'intera valle, un nuovo ramo ferroviario che farà scomparire quella vecchia linea di diligenze del Missouri e una centrale elettrica che darà fluido ed energia. alla regione.

«Il progetto è grandioso, ma dietro ci sono i concorrenti che vogliono batterci per mano. Qualcuno ha sospettato che io sia un agente importante nel progetto e mi controllano in modo che, per quanto ne sappia, posso raggiungere i grandi capitalisti che finanziano i lavori e proprio oggi devo partire da qui per tenere l'ultimo e ultimo colloquio con loro, ma sospetto che qualcuno mi stia dietro per scoprire chi sia e ostacolare il progetto a loro vantaggio.

"Ecco perché ho bisogno del tuo aiuto per marciare e fuorviare chiunque voglia spiarmi.

"Va bene papà, ma cosa posso fare?

"Te lo dirò. Stai per cavalcare nel calesse a cui agganci due buoni cavalli e come se stessi andando a fare un giro, lo porterai nella foresta a tre miglia da qui, vicino al fiume. Tu so dov'è, perché abbiamo fatto merenda alcuni pomeriggi, insieme lì dentro.

«Attacca un altro cavallo davanti a te e quando sei nella foresta, lo sblocchi, nascondi il calesse e torni a cavallo. Se qualcuno ti vede partire e poi tornare senza il calesse, dici che si è rotta una ruota e che mi stai cercando.

"Questo è un incidente molto comune a cui la gente crederà. Quando sarai tornato, tu ed io usciremo a cavallo come se stessimo andando alla ricerca della carrozza danneggiata. Quando ci vedremo insieme a cavallo, nessuno sospetterà che esco con l'intenzione di fare un viaggio e non si preoccuperanno di noi.

«Quando arriviamo al calesse, io partirò con lui e tu tornerai poco dopo con il tuo cavallo e il mio, poi, se qualcuno te lo chiede, tu dici che ho provveduto a sistemare il calesse e ti chiudi in cascina.

"Molto bene, papà, lo farò, ma dove vai? Non mi dici mai niente.

"Questa volta te lo dico io, sciocco. Vado al Rita Park.

"Starai via per molto tempo?

"No. Penso che sarò qui per prima cosa lunedì per aprire la Banca. Non preoccuparti e sbrigati.

La giovane donna obbedì e, scesa alla rimessa, attaccò i tre cavalli e partì per il luogo indicato, pronta ad eseguire alla lettera le istruzioni del padre.

Frank, che, teso un'imboscata nel suo osservatorio, non perse di vista la casetta, vide Sylvia partire con il calesse nel quale non scoprì nessuno e si chiese dove sarebbe andata. Ma dal momento che lei andava al villaggio in carrozza e qualche volta la portava fuori per andare a cavallo, lui non si allarmò.

Solo l'impulso di andarle incontro per accompagnarla lo sopraffece, ma il suo dovere di vegliare su Hamson, di cui diffidava sempre di più, lo fermò.

Tre quarti d'ora dopo, scoprì un cavaliere che tornava al cottage e i suoi occhi acuti riconobbero Sylvia, cosa che lo allarmò, perché stava tornando senza il calesse.

Un impulso irrefrenabile lo costrinse a lasciare il suo osservatorio, e facendo una deviazione per rasentare la sensazione di spionaggio, uscì incontro a Sylvia.

Fece un gesto di dispiacere, ma se ne pentì subito e, abbassando la testa, cercò di andare avanti.

Frank passò davanti al suo cavallo chiedendo:

"Sylvia, come stai a quest'ora, sola da queste parti? È notte e...

"È il conto di qualcuno? Sono uscito a fare un giro in calesse e una ruota si è rotta a circa due miglia da qui. Vengo a cercare mio padre che mi accompagni a ripararlo.

"Per cosa lo disturberai? Un banchiere con la pancia e le mani lucide non può abbassarsi a tali doveri. Io posso...

"Grazie. È il nostro conto e mio padre non ha dimenticato che era un allevatore, che ci crediate o no.

«Okay, vedo che non ti piacciono i favori che non chiedi. Per quanto riguarda gli altri...

"Per me è lo stesso. Mi dispiace di non averti chiesto nulla e ti esonero dal soddisfarlo. Non l'ho nemmeno detto a mio padre perché so che lo rifiuterebbe.

"Va bene, nonostante ciò non lo farò. La parola di un uomo è parola.

"Grazie... scusa, ma sono di fretta.

E spronando il cavallo, trotterellò verso la casetta.

Frank non fu sorpreso dall'incidente. Una ruota sbanda facilmente, ma era curioso di sapere se Hamson sarebbe stato in grado di venire di persona ad aggiustare la carrozza.

Quando ha perso di vista Sylvia, è tornato nel suo nascondiglio. Avrebbe visto se il banchiere usciva con sua figlia e poi avrebbe aspettato Lang. Era notte e lo sceriffo doveva sostituirlo.

Non ci volle molto per vedere che Sylvia gli aveva detto la verità. Poco dopo la giovane donna e il banchiere, entrambi a cavallo, si incrociarono nel tenue crepuscolo serale davanti allo sguardo acuto di Frank.

Non ha osservato nulla in particolare nell'allevatore. Indossava una giacca di pelle e pantaloni grigi con stivali alti e portava sul collo del cavallo un sacco che doveva contenere gli attrezzi per la toelettatura.

Frank non voleva spostarsi dal suo osservatorio. Seguirli era molto esposto, perché la strada era aperta e dopo aver già visto Sylvia, sarebbe stato sospettoso mostrarsi di nuovo ai loro occhi.

Mezz'ora dopo Lang si presentò e Frank si rese conto di cosa era successo.

"Sospetti qualcosa, Frank?" Chiese lo sceriffo.

"Non proprio. L'ho vista uscire con il passeggino e tornare senza. Ora i due sono andati a cavallo. Non credo che Hamson proverà qualcosa con sua figlia come resistenza. Potrebbe essere un incidente imprevisto. Io non credo che ci vorrà molto per verificarlo.

"Beh, se vuoi, puoi andare.

"No. Aspetterò che tornino. Non voglio lasciarti solo senza quella certezza.

L'attesa è stata lunga. L'incidente doveva essere grave o l'abilità di Hamson era molto scarsa e Frank stava cominciando a diventare impaziente con un leggero dubbio.

"Se ci impieghi un quarto d'ora in più, cercherò di localizzarti, non sono sicuro ora che tutto questo sia una cosa naturale.

Lang ha suggerito:

"Se Hamson sospetta di essere osservato, potrebbe non esserlo.

"Questo è quello che non so per certo, ma per ogni evenienza, non gli permetterò di prendere iniziative. È intelligente e un uomo disperato come lui deve essere attento a tutte le contingenze.

Dieci minuti dopo catturarono il trotto dei cavalli e nascondendosi nei boschi, Frank disse:

"Lì tornano, ma... mi sembra che tornino senza il concerto. Forse hanno dovuto rinunciare all'accordo.

Di più quando alla luce della luna che cominciava ad apparire chiara e tonda sulla pianura scoprirono i due cavalli e solo Sylvia su uno di loro, Frank lanciò un'imprecazione.

"Ray! Questo non mi sembra buono, Lang... Lei con i due cavalli, Hamson non torna e nemmeno il calesse. È stato utile per iniziare la fuga?

«Devi scoprirlo, Frank. Se siamo negligenti e lasciamo che raggiunga il divario, possiamo dire addio a raggiungerlo.

Frank non aspettò oltre e, gettato il cavallo oltre la siepe, uscì incontro alla giovane donna.

Con rabbia, fermò il trotto del cavallo e gridò:

"Mi stai spiando, Frank? È molto sospetto che...

"Sospetta quello che vuoi, per me è lo stesso. Dov'è tuo padre?

"Riparare il concerto.

" Dove?

"Che ti importa? Ovunque.

Frank con rabbia la strinse per un braccio, ruggendo:

"Stupido! Stai giocando al gioco della più grande malvagità che abbia mai commesso in vita sua e ne ha commesse molte. Lo stai aiutando a fuggire per sempre da te e dalla città.

"Menzogna!" Ruggì indignata. " So dove sta andando e dove si trova! Sei un cattivo.

«E tu ottuso. Tuo padre è in bancarotta, ha sottratto indebitamente i fondi della Banca, ha simulato un furto di una borsa con cinquantamila dollari che non vi aveva depositato, come dimostreremo ai suoi tempi e come sia portato a doverne rendere conto per quel denaro che è stato mangiato da una donna allegra di Thedford, come ti mostrerò anche io, scappa.

«Tuo padre è un furfante che non solo si è rovinato e ha rovinato te, ma ha rubato a tutta la città e lui e nessuno tranne lui è stato colui che ha rapinato il palcoscenico e ucciso Jasper per recuperare il sacco contenente il piombo, e fingere che il suo contenuto fosse stato rubato.

Sylvia non seppe resistere al colpo terribile che quelle accuse energiche le significarono, e con un grido di agonia, si chinò sul collo del cavallo e rotolò a terra, dove era senza vita.

Frank si precipitò in suo aiuto e Lang, furioso, urlò:

"Bene, l'hai fatto! Gli hai dato un colpo mortale e ora non possiamo sapere dove sia andato quel rospo.

«Ma lo troveremo, Lang. Lo troveremo, anche se andrà all'inferno. Un calesse non galoppa quello che due cavalli gradiscono i nostri. Aiutami. Lasceremo questo idiota nella sua fattoria e inseguiremo le orme di quel maiale. È stato molto intelligente, ma non ha avuto Frank Neil.

Frank montò a cavallo e Lang sollevò il corpo di Sylvia, porgendoglielo per metterlo di fronte a lui. Allora saltò in sella alla sua sella e presa in carico i due cavalli, trotterellarono verso la casetta, che non era lontana.

Frank bussò al cancello della recinzione e poco dopo apparve il giardiniere. Frank, senza smontare, esclamò:

"Per favore, prenditi cura della signora. È svenuto mentre tornava ed è caduto da cavallo. Penso che non sarà una questione di cure, ma è stato conveniente che la coricassero e andassero a cercare il dottore del villaggio. Sono sicuro che ne avrai bisogno.

Consegnò il corpo della ragazza, lasciò i due cavalli chiusi alla porta e di fronte a Lang disse:

"Vai?

«Bene, ma aspetta che mi fermi prima negli uffici. L'inseguimento può essere lungo e difficile e non siamo preparati per questo. È meglio perdere un quarto d'ora in più che dover rinunciare completamente più tardi.

Al trotto demoniaco si diressero in città, fermandosi davanti agli uffici. Lang si è impedito di munizioni, un altro revolver e il fucile, ha fornito al suo compagno dei proiettili e ha messo alcune conserve in un sacco. Prese anche due borracce d'acqua e due coperte.

"Dai, Frank" disse "ora possiamo galoppare al baratro senza fermarci per mancanza di precauzioni.

A caso presero il sentiero che Sylvia aveva riportato. Non sapevano da che parte si fossero diretti, ma l'istinto li avvertiva che il percorso più breve e più sicuro per Hamson era la linea di demarcazione.

CAPITOLO XI

LA CATASTROFE

Era già notte e l'oscurità non era un buon alleato per poter individuare rapidamente le impronte del banchiere. Un tenue chiarore lunare bluastro illuminava debolmente il paesaggio e il suo bagliore era troppo debole per essere in grado di registrare il terreno.

Dovevano fidarsi un po' a caso. Al momento la strada era quella del Nord, ma nessuno; sapeva dove avrebbe potuto dirigersi verso il Missouri o verso il Lupp, per respingere ogni inseguimento.

Il primo ostacolo che si presentò loro fu il piccolo bosco dove Sylvia nascose il calesse per tornare alla ricerca del padre. Frank non credeva che fosse nascosto in lui, ma volle dare un'occhiata prima di continuare e, fermato il cavallo, scese da cavallo.

Poco dopo essere entrato, tra gli alberi ha scoperto qualcosa che considerava un buon indizio. Hamson aveva lasciato il piccolo sacco di attrezzi che aveva preso dalla fattoria per giustificare la sua partenza.

Con questo dettaglio, il giovane scrutò attentamente il pavimento e presto scoprì le tracce delle ruote del calesse che ne segnavano il rullaggio verso Ovest.

"Vai avanti!" Disse allo sceriffo. Hamson deve proseguire verso il percorso generale" e gli raccontò cosa aveva scoperto.

Quando stavano tagliando il terreno per raggiungere il sentiero, un lontano tintinnio raggiunse le loro orecchie e dall'alto dove stavano camminando, scoprirono le luci bianche di due lanterne mobili.

"Ecco dove va il palcoscenico del Missouri!" Lang ha avvertito.

"Stava lasciando la città quando noi.

Il pesante hulk era davanti a loro e presto scomparvero.

"Pensi che oserà seguire il percorso generale?" Chiese lo sceriffo.

"Sospetto di no. Non vuoi essere visto. Se segui la stessa direzione, proverai a farlo attraverso luoghi poco appariscenti e noi cercheremo di seguire un percorso simile.

Attraverso prati e campi, a volte attraversando terreni accidentati, seguirono avanti senza trovare traccia. Sebbene galoppassero costantemente, non erano riusciti a raggiungere il fuggitivo.

Frank si sentiva nervoso. Temeva di essersi perso e sapeva che un errore era dare ad Hamson la possibilità di filtrare attraverso una delle due divisioni.

Erano circa cinque miglia quando Lang indicò una siepe, dicendo:

«Vedo uno strano grumo lì, Frank. È qualcosa che spunta dai cespugli.

Si spostarono verso di lui e mentre si avvicinavano, Frank fece un giuramento. Nascosto nella siepe, è apparso il passeggino abbandonato. I cavalli non c'erano, ma la carrozza c'era.

"Non può essere andato molto lontano", assicurò il giovane. Quei cavalli non vanno bene per le corse lunghe.

Scrutò di nuovo il terreno e la sua vista acuta trovò tracce di zoccoli che si dirigevano verso la strada.

«Andiamo», disse, «deve aver cercato di passare dall'altra parte. Verso il Missouri.

Proseguirono al galoppo, ma prima di raggiungere il sentiero scoprirono un cavallo solitario che brucava nell'erba.

"Questo è uno dei suoi cavalli", disse Frank. Dov'è l'altro?

"Tra le sue gambe", assicurò Lang. Non sarebbe partito a piedi.

"Certo che no, ma... non sono convinto. Con quel penco non arriva nemmeno a Seneca, quanto più al confine.

Improvvisamente si batté la fronte e ruggì:

"Galoppa Lang! Dobbiamo raggiungere la diligenza.

" Perché?

"Non lo sospetti? Hamson è intelligente da morire. Doveva uscire dal palco per cavalcarlo. Calcolerà che mentre stiamo perdendo tempo a cercarlo in carrozza o sui cavalli, la diligenza gli avrà impiegato due ore dalla spartizione. Dai, Lang!

E al galoppo corsero lungo il sentiero, diretti alla prossima città.

I sospetti di Frank non erano infondati. Hamson aveva calcolato tutto al minuto ed era sicuro di riuscire in questa impresa postuma e disperata.

Per strada, appostato, ha aspettato che il mezzo passasse e lo ha fatto fermare.

Sosteneva di aver ricevuto un avviso urgente per recarsi nel Marsland e per scorciatoie era riuscito a raggiungere il veicolo senza il tempo di aspettare quello che due giorni dopo avrebbe attraversato la città.

È salito sul palco con il sindaco, al quale ha dato una buona mancia e gli ha raccontato la sua storia. Dovette depositare nel suddetto comune una cifra importante e proporzionata di quanto era accaduto nel precedente, volle custodirlo di persona.

Il sindaco, poco a conoscenza di quanto accaduto a Nirvay, non sospettava nulla di straordinario e acconsentì a consentire al banchiere di cavalcare con lui sulla cassa.

Hamson, sollevato dall'angoscia che lo travolgeva, si mise il sacco tra le gambe e si assicurò che la rivoltella scivolasse facilmente fuori dalla fondina.

Era pronto a difendersi fino all'ultimo momento, anche se era quasi certo che la sua manovra avrebbe fuorviato i suoi nemici e che quando avrebbero voluto realizzare la sua fuga, sarebbe stato lontano dal Nebraska.

Verso le nove giunsero a Seneca, dove si doveva cambiare la scuderia ei viaggiatori avrebbero avuto un'ora per cenare nella mensa della Casa de Postas.

Hamson si rifiutò di scendere. Aveva mangiato e non aveva affatto appetito, e così, mentre il sorvegliante e i viandanti scesero per riprendere vigore, rimase in cima alla cassa, a guardia del suo sacco e a fissarsi la schiena per non essere sorpreso.

Gli stallieri cambiarono i cavalli, lasciando il veicolo pronto per la partenza, e quando non era trascorsa mezz'ora dal loro arrivo, Hamson ebbe una terribile partenza.

Sentì lo sferragliare del galoppo di alcuni cavalli che avanzavano lungo il sentiero che si era lasciato alle spalle, e voltandosi con rabbia, guardò oltre.

Poco dopo, fece un terribile giuramento. Aveva riconosciuto i cavalli e con loro Lang e Frank.

Non c'era più alcun dubbio che fosse stato scoperto e come un orso alle strette guardava dappertutto.

Aveva una sola possibilità di fuggire e non la disdegnava. Afferrò le briglie dei quattro cavalli da tiro a portata delle sue mani e, facendo schioccare la frusta, costrinse gli animali a mettersi in fretta.

Il veicolo, come un'espirazione, ruzzolando terribilmente, scivolò lungo il sentiero polveroso, e il fragore della sua marcia e il folle tintinnio delle campane allarmarono il sorvegliante, che, lasciando il tavolo, andò come un turbine alla porta, gridando:

"I cavalli scappano, scappano!

In quel momento Lang e Frank fermarono i loro cavalli sudati alla porta dell'ufficio postale, e Frank, di fronte al caposquadra spaventato, chiese:

" Cosa sta succedendo?

"Il diavolo chissà... La carrozza è rimasta lì mentre cenavamo e all'improvviso si è messa in moto...

" Solo?

"Sì... cioè no... il signor Hamson di Nirvay era sulla scatola... sta per...

Frank non lo lasciò finire; spinse avanti il cavallo gridando:

"Lang, galoppa, è nostro!

E lasciando il sindaco ancora più sorpreso, scomparvero in una nuvola di polvere all'inseguimento della diligenza.

Si perdeva in lontananza come un fantasma nella polvere, ma Frank e Lang si fidavano dei loro cavalli ed erano sicuri di raggiungerlo.

Una terribile lotta si è stabilita tra il veicolo e le coraggiose cavalcature. Hamson, all'impazzata, li frustava senza pietà, costringendoli a dare la loro massima prestazione, e di tanto in tanto girava la testa angosciato, rendendosi conto con terrore che invece di far saltare il vento stava perdendo terreno.

Pazzo di rabbia, abbandonò le redini ed estrasse il revolver. Prima di farsi catturare, moriva con le armi in pugno e cercava di scacciare i suoi nemici.

Colpo alla cieca. Il proiettile fischiò oltre Lang e Frank, e Frank si precipitò a rispondere, sparando alla carrozza.

Ad Hamson non importava più guidare il veicolo. Con il petto appoggiato sul bordo della parte superiore e sporgendo la testa, ha sparato ferocemente ad entrambi i piloti e hanno replicato i suoi colpi cercando di raggiungerlo.

L'auto, senza direzione, era come una meteora che rotolava a caso. Un'enorme buca lo fece vacillare, in procinto di buttargli fuori il banchiere, ma si aggrappò disperatamente alla cima e riuscì a mantenere l'equilibrio, ma non poté impedire che il sacco di cuoio con il prodotto della sua rapina, fosse buttato fuori la strada.

Fuori di testa, guardò impotente mentre Lang si fermava per raccoglierlo, poi si sforzava di unirsi al suo compagno nel continuare la tragica ricerca.

E così, in questa gara, divorando il terreno, il veicolo continuò la sua fantastica corsa, ora su terreni accidentati e pericolosi ei due cavalieri, duri e ostinati, seguirono la diligenza pronta a far saltare i cavalli piuttosto che rinunciare alla caccia.

Improvvisamente accadde una catastrofe inaspettata. Il pesante scafo, volando più veloce che rotolando lungo il sentiero aperto sul bordo di un terrapieno, si spostò di mezzo. Una delle ruote del lato sinistro si è staccata dal suo asse quando è inciampata su un dirupo e il veicolo si è inclinato verso quel lato, rimanendo per un momento in assetto instabile, finché sotto il suo stesso peso è sprofondato nel vuoto, trascinandosi dietro a i cavalli e il pazzo Hamson.

Quando Lang e Frank, lividi per la sorpresa, furono in grado di trattenere i loro cavalli e guardare oltre la scogliera, non ebbero niente da fare. La carrozza giaceva in fondo a più di venti metri di altezza, completamente in frantumi.

★ ★ ★

Il sole era abbastanza alto quando Lang e Frank, con le tracce della terribile giornata sui loro volti, entrarono nel Nirvay, diretti alla tenuta di Hamson.

Stavano per dare a Sylvia la terribile notizia, e Frank, preso da un'ansia inarrestabile, fu devastato quando rifletté sulla situazione in cui si trovava la giovane donna.

Questo, pallido e nervoso, li accolse, cercando di apparire sereno e chiese tremante:

"Posso sapere cosa ti porta in questa casa?

Frank, visibilmente commosso, esclamò:

"Sylvia, mi dispiace di avere una notizia terribile per te, ma è inutile nascondertela. Tuo padre è morto.

Emise un urlo terribile, e stringendogli la giacca, gemette:

"Frank! Tu... tu l'hai ucciso!

"No, Sylvia. Non avrebbe potuto farlo, non per lui, ma per te... La sua follia, la sua ambizione e la sua follia lo hanno ucciso; ascolta e saprai tante cose che ignori.

E succintamente ha reso conto di tutto senza tralasciare alcun dettaglio.

Lo ascoltò tra singhiozzi di infinita angoscia, e quando Frank finì il racconto, gridò:

"Oh mio Dio, che vergogna! Mio padre un...

"Ascolta Sylvia" la interruppe Frank "se vuoi, nessuno ha bisogno di saperlo. Possiamo dire che è morto in un incidente. Mentre aspettava all'ufficio postale, i cavalli si sono scatenati e lo hanno gettato dalla scogliera. Lang è disposto ad approvare questa bugia bianca ... per te e me.

"Perché tu, Frank? Mio padre è stato tuo nemico e ti ha fatto molti danni. Ora me ne rendo conto.

"È vero, ma ha già pagato le sue colpe e tu non c'entri niente.

«Ma ho sbagliato con te, Frank. Sono stato influenzato dalle sue parole e dai suoi consigli e ho creduto... Mio Dio, non me lo perdonerò mai!

«Ma io ti perdono, Sylvia. Devo, perché nonostante tutto... ti amo ancora come allora o forse di più. Sono venuto solo con la speranza di poter salvare il tuo amore e ancora non ne dispero.

"E tu, potresti unirti... alla figlia di un truffatore?

"Che mi importa cosa potrebbe essere, se tu non lo sei?

"Oh, Frank, sei molto bravo, così tanto... così tanto che mi vergogno di sentirti... io... io... ti amavo, ti amavo ancora nonostante Dennis... ma mio padre...

"Lascia perdere, Sylvia. Se è vero che mi ami ancora come allora, tutto si può aggiustare.

"Come? Mio padre ha sperperato i soldi della banca. È in bancarotta e questo non si può nascondere...

"Penso di sì. Sylvia. Ecco, in questa borsa, abbiamo risparmiato parte di ciò che è stato preso, ieri ho ritirato a mio padre diecimila dollari, che posso avere, ma ne ho anche cinquantamila miei, con loro abbiamo posso affrontare la situazione, aprire la Banca, occuparmi dei più perentori e studiare come riorganizzare la sua operatività.Sono disposto a lavorare come una bestia per rimettere a galla gli affari.Non ho mai sognato di gestire una banca, ma mi ritengo adatto a esso.

"Ma...

"Non obiettare. Sei l'unico erede di tuo padre. Se ci sposiamo, io, come tuo marito, devo occuparmi degli affari. Ti metteremo a galla, rafforzeremo la fiducia dei vicini e saremo felici. Il tempo è un sedativo per il dolore e una buona spugna per cancellare fatti che il vento porta via a poco a poco. Hai qualcosa da obiettare?

"Niente, Frank, se non che mi reputo indegno di quell'affetto e di quel sacrificio che provi per me. Ero una donna frivola che si lasciava sedurre dal miraggio della grandezza e dello sfarzo, e ora la realtà mi mette davanti agli occhi la terribile verità.

"Bene, ma si può anche cancellare. Dimentica che sei andato in una scuola come quella e ripensa ai giorni felici in cui eri la figlia di un allevatore e io ero un peone nel tuo ranch. Quindi torniamo a vivere quella vita, che è la nostra, il vero Occidente, il resto si può lasciare indietro come un sogno.

Si gettò tra le sue braccia, singhiozzando:

"Grazie Frank, voglio che sia così. Possa questo essere dimenticato come un sogno terribile e possa questa felicità che mi porti e che non penso di meritare non sia un sogno.

FINE